新潮文庫

汚れた赤を恋と呼ぶんだ

河野　裕著

JN210712
ろ

新潮社版

10497

目次

汚れた赤を
恋と呼ぶんだ

通りを歩いていると、少女の姿が目に入った。

五歳か六歳くらいの、幼い少女だ。彼女は真っ赤なヘルメットをかぶり、銀行の前でよく晴れた青空を見上げていた。きっと母親の自転車の後ろに乗せられてきて、その用事が終わるのを待っているのだろう。

手足がすらりと長い、綺麗な少女だった。アンバランスに大きなヘルメットが、回りくどい方法で彼女の魅力を引き立てていた。真剣な瞳で雲の行方を追う彼女の横顔はスナフキンの口笛みたいにクールだ。

僕は彼女にささやかで自然な好意を抱いた。もちろんその感情は、恋ではない。異性に抱くすべての好意が恋心だったなら、物事はひどくシンプルだけど、実際にはそうじゃない。

同じ意味で、これを初恋の物語と呼ぶのは誤りなのだろう。

本当はもっと多くの言葉を遣い、いくつもの注釈を並べて、丁寧に説明するべきことなのだろう。

それでも僕は、これを初恋として語ろうと思う。

ひとつの初恋が終わるまでの物語として。あるいは、ひとつの初恋が生まれるまでの物語として。

僕にはきっと、こんな風に物事を単純化して考える必要がある。細部の矛盾には目をつぶって、強引に感情を飲み込んでしまわなければ、ここから先に進めない。

そうだ。

僕は長い停滞を終えて、ずっと遠い場所を目指したいと望んでいる。

この物語は八月の末に始まり、二月の半ばで終わる。大雑把な括りでは、僕の高校一年生の二学期から、三学期までの物語だということができる。さらに言い換えるなら、小学生のころから続いていた、ある少女との関係性がひとまず決着するまでの物語だとも表現できる。

八月三一日。夏休み最後の日。

僕は魔女の噂を追っていた。

＊

上島珈琲店《うえしまコーヒーてん》に入ったのは、その日が初めてだった。

自発的に自動販売機よりも高いお金を払ってコーヒーを飲む習慣が僕にはなかったし、知人とどこかで落ち着こうという話になると値段の安いドトールばかり選んでいた。メンバーに女の子が入っていると、スターバックスに入ることもある。でも高校一年生になってまだ数か月の僕に、上島珈琲店という選択肢はなかった。

僕は無糖のアイスミルク珈琲を注文して、指定されていた通り、窓辺のカウンター席に座った。約束の時間のちょうど五分前だった。一杯が四一〇円するアイスミルク珈琲はたしかに美味だが、新刊のコミックスとそう変わらない値段をコーヒーに払うのはやはり抵抗があった。

それからしばらく、まだ慣れないスマートフォンを操作して、付き合いでダウンロードしたアプリゲームで暇を潰した。店が高架下にあるため、電車が通過すると重たい振動が壁を揺らす。それを除けば店内は静かで、椅子の座り心地も良い。チェーンのコーヒーショップの居心地は、確かにコーヒーの値段に比例する。

約束の時間を一〇分ほど過ぎたころ、隣の席にトレイが置かれた。トレイのミルク珈琲にはキャラメルソースと生クリームが載っていて、レーズンバタークッキーが添えられていた。

席に腰を下ろしたのは、僕と同じくらいの歳の女の子だった。黒いフリルのサスペンダースカートを穿き、真っ赤なフレームの眼鏡をかけている。

彼女はこちらに向かってほほ笑む。

「佐藤《さとう》くんだよね？」

僕は頷く。

それから尋ね返す。

「貴女が、引き算の魔女ですか？」

「うん。そうだよ」

彼女はコーヒーに浮かぶ生クリームをスプーンですくい、口に運ぶ。

引き算の魔女というのは、それほど流行っているともいえない噂話のひとつみたいだ。多くの都市伝説がそうであるように、引き算の魔女の噂にもいくつかのバリエーションがある。とはいえ噂の中核は共通していて、「魔女に出会うと、人格の一部を消し去ってもらえる」とのことだった。たとえば怒りっぽい人格や怠惰な人格を、気軽にすぽんと引き抜いてしまえる。たぶんコンピュータウイルスを消去するように、人の内面を正常化する。

魔女とは何者なのか？　どうすれば魔女に会えるのか？　そういった細部ははっきりしない。魔女は引き抜いた人格を食べてしまうのだという噂があり、実は人間の精神構造を調べるためにやってきた宇宙人なのだという噂がある。架空の住所に宛てて手紙を出せば返事が返ってくるとも、満月の夜に呪文を唱えると空を飛んでくるともいわれる。

中でもいちばん胡散臭いのは、魔女が管理しているウェブページに「捨てたい人格」を書いたメールを送ると返信があるというものだった。そのウェブページは、ひどくあっさりとみつかった。引き算の魔女で検索すると、上から四番目に出てきた。

間違いなく誰かのいたずらだろうと思ったけれど、でも僕はメールを送ってみた。この夏、携帯電話をスマートフォンに替えたばかりで、ずいぶん簡単に新しいメールアドレスを取得できたのだ。面倒なことになればそのアドレスごと捨ててしまえばいいと考えていた。

メールを送った翌日に返信があった。数日、やりとりを続けてから、顔を合わせて話をしましょうということになった。

それで僕は、生まれて始めて上島珈琲店を訪れ、窓辺のカウンター席に座って、一杯四一〇円のアイスミルク珈琲を飲んだ。やがて、魔女を名乗る少女が現れた。

彼女はミルク珈琲に浮かんでいた生クリームを丁寧に食べ終えて、トートバッグに右手をつっこんだ。そこから取り出したのは、魔法の杖でも魔術書でもなくて、スマートフォン用の白い充電ケーブルだった。

「ここの席、コンセントがあるから便利なんだよね。知ってた？」

「いいえ。店に入るのも初めてです」

「敬語じゃなくていいよ、同い年だし。貴方がメールで嘘をついていなければ、だけど」

「高校一年生？」

「そ。魔女が高校生だとおかしい？」

「そもそも魔女がいることがおかしい」

「かもね」

彼女はレーズンバタークッキーのパッケージを破り、片端を前歯で少しだけ嚙み取る。それからミルク珈琲に口をつけて、また笑う。

「貴方の捨てたいもの、なかなかユニークだったよ」

「僕としては、わりと真面目な悩みなんだけどね。それで？　僕から人格を引き抜いてくれるの？」

「考え中。ちょっとテストをさせて」

「テスト」

「誰彼かまわず、頼まれた通りに魔法を使うわけにはいかないよ。わかるでしょ？」

「どんなテストなの？」

「簡単な心理テストみたいなものだよ。目を閉じて」

馬鹿馬鹿しい、とため息をついて席を立ってもよかった。

でもいかにも怪しげなサイトにメールを送って、僕の日常からすればずいぶん高いコーヒーを飲んで、夏休みの最後の一日を使って顔を合わせたこの少女をあっさり見限る方が馬鹿げているような気もして、結局目を閉じる。

彼女のくすくす笑いみたいな、明るい声が聞こえる。

「意外と素直だね」

「素直じゃないと、魔女に会おうなんて思わない」

「でも、返事はひねくれてる」

「これでも素直に答えてるつもりだよ」

コーヒーに口をつけたかったけれど、目を閉じたままではそれも難しい。先を急かすつもりで、尋ねる。

「テストはもう始まってるの？」

「今から始める。そうだね。貴方が覚えている、いちばん古い記憶を教えて」

しばらく考えて、わからない、と僕は答える。

「いくつか、とても幼いころの記憶がある。でもどれがいちばん古いのかわからない」

「じゃあその中で、とくに印象に残っているのは？」

「前の家の記憶。何年前になるのかな。僕は四歳になる少し前に引っ越しているから、それよりは古い」

「そのとき、なにがあったの？」

「とりたてて話すほどのエピソードじゃないよ」

まぶたの裏の薄い暗闇で、記憶の糸をどうにか辿る。

「幼い僕は、リビングに置かれていたソファで目を覚ます。深いブラウンのソファで、柔らかくて気に入っていた。でも引っ越しのときに捨ててしまったみたいだ。今はもうない。ともかく僕が目覚めたとき、外は明るい。クリーム色の空の低い位置に浮かんだ太陽が、赤く輝いている。少し白みがかった、しっとりとした赤だよ。僕はそれを夕陽だと思っていたんだ。でもなんだか不思議だった。リビングの窓から夕陽をみたことはないし、その赤はずいぶん優しくて、暖かな感じがする。きっととても純粋に、僕はその景色が綺麗だと思ったんだよ。素直に好きだと感じて、目が離せなくて、じっと空を見上げていた」

「それから？」

「やがて寝室のドアが開く音がする。母さんが目をこすりながら、もう起きてたのと言う。僕は空を指さして、夕陽がとても綺麗だよと伝える。すると母さんは、あれは朝陽だと教えてくれる。それから僕は、もう少し眠ったんじゃないかな。よく覚えていない。ソファで目を覚ました理由も、今となってはわからない」

「それだけ？」

「うん。つまらないでしょ?」

「なかなか面白かったよ。目を開けて」

目を開く。

彼女はレーズンバタークッキーの、最後の一欠けらを口に放り込んだ。

僕は尋ねる。

「こんなのが、なんのテストになるの?」

「貴方を理解する手助けになるよ。少しずつだけどね。でも、ひとりの人間をいっぺんに知ろうとしても、そんなの無理でしょ。さあ、次に行きましょう」

「まだ続くの?」

「もちろん。もう一度、目を閉じて」

僕は内心でため息をつく。

なんだか面倒になってきたけれど、上辺だけは素直に目を閉じる。

「貴方に最初の友達ができたのは、いつ?」

と彼女は言った。

結局、一時間ほども彼女の質問に答えていた。

幼稚園のころ好きだった遊具や、小学校で繰り返し読んだ児童書や、中学校の休み時間の過ごし方なんかを話した。この夏の平凡な日々も、高校受験の様子も、僕はあまり嘘をつかずに答えた。出身校や現住所は特定されないように注意したけれど、僕の思い出なんてありきたりなものだから、警戒し過ぎることもないだろう。

魔女を名乗った少女は、満足した様子で頷く。

「なるほど。ありがとう」

僕は、珍しく長々と自分のことをしゃべらされて、なんだかへとへとに疲れていた。ひと通り質問が終わったらしいことに、つい安堵のため息を漏らしてから、尋ねる。

「テストの結果は？」

「合格だよ。貴方、悪い人じゃないみたい」

「それはよかった。今すぐ僕が捨てたい人格を引き抜いてくれるの？」

「ううん。それはもうしばらく、先になるかな」

「どうして？」

「どうしてだと思う？」

「見当もつかない」

彼女はスマートフォンに繋いでいた充電ケーブルを外してくるくると束ね、トートバッグに押し込んだ。

「実は私は魔女じゃないから。って言ったら、怒る？」

「別に。なるほど、と思うだけだよ」

実のところ、この少女が魔女ではないことは、早い段階で確信していた。

だから彼女の質問に答えながら、僕の方も彼女のことを考えていた。――なぜ魔女だと名乗ったのか？　ただのいたずらなのか、それとも具体的な目的があるのか？　目的があるとするならそれは危険なものなのか？

彼女は言った。

「本当は私も、引き算の魔女を捜してるの。協力しない？」

「メリットがよくわからないな」

「貴方よりは私の方が、魔女捜しが進んでいると思う。私のホームページには、なかなか面白いメールが届いてるから」

「僕のメリットじゃない。君のメリットだよ」

「それって重要？」

「できるなら納得したいからね。君のメリットがわからなければ、僕はそれを考え続けることになるよ。なにか想像もつかない、悪いことを考えているのかもしれない、ってね」

「仲間が欲しいだけだよ。ふたりで捜した方が効率的だと思わない？　それにやっぱり、ひとりでいろんな人に会ってまわるのは、ちょっと怖く感じることもある」

「でも君はひとりで、僕に会いに来た」

「私の手元に届いたメールの中では、貴方がいちばん、良い人みたいだったから。さっきのテストは本当に、貴方のことを知りたかっただけなの。安心して手を組めるのか、話をしてみないとわからないでしょ」

僕はしばらく、黙って彼女の顔を眺めていた。答えはもう出ていたけれど、悩んでいるふりをしておきたかった。

電車の振動が頭上を通過して、それから僕は頷いた。

「わかった、手を組もう」

「ホントに？」

「本当に。でもいくつか、君に聞いておきたいことがある」

「なに？」

「まずは、学校かな。生徒手帳を持ってる？」

彼女は頷いて、トートバッグから生徒手帳を取り出した。聞いたことのある、でもどこにあるのかよく知らない学校のものだった。受け取って、開く。きちんと彼女の顔写真がついている。高校一年生というのは嘘ではないようだ。

すんなり生徒手帳が出てきたことが、僕にとっては意外だった。

「いつも持ち歩いてるの？」

「まさか。でも、私の身分証になりそうなものってこれくらいしかないから」

僕は生徒手帳を閉じて、彼女に返す。

「次の質問は？」

と彼女は言った。

「君は魔女に会って、なにを捨てたいの？」

「それは、秘密」

「僕が捨てたいものは知っているのに」

「悪いと思うけどね。代わりにとっておきの情報を教えてあげるから、それで許してよ」

「内容による。なに？」

彼女は身を乗り出して、ひそめた声で言った。

「私は、魔女に会った人を知っている。メールが届いたの。おおよそ、どこに住んでいるのかまではわかってる。上手く連絡を取れば直接会うこともできるかもしれない」

「へぇ」

僕は口元に手を当てて考える。

確かに興味深い話だ。そのメールを読んでみたい。

「満足した？」

と彼女はほほ笑む。

「うん。とても」

と僕は答える。

彼女はトートバッグを肩にかけて、席から立ち上がった。

それから、こちらに右手を差し出して、言った。

「私は安達《あだち》。これは本名。生徒手帳にも載ってたでしょ？　改めまして、これからよろしく」

握手はあまり好きではない。

でも、仕方なく彼女の手をつかむ。

「僕は七草《ななくさ》。こちらこそよろしく」

「佐藤七草？」

「違うよ。佐藤ってだれ？」

手を離して、彼女はもう一度笑った。

「嘘つきは好きだよ。じゃあ、また連絡する」

彼女はトレイを手に取り、背を向けた。僕はその後ろ姿がみえなくなるまで視線で追いかけた。あの笑顔の裏側になにがあるのか、できるなら知りたかったけれど、もちろん後頭部をみつめても頭の中なんかわかるはずもなかった。

＊

こんな風にして、僕と安達は出会った。

一般的ではないにせよ、劇的というには物足りず、運命的なんて表現のしようもない、どちらかといえば静かな出会いだった。

ところで、出会ってすぐの僕が、彼女は魔女ではないと確信していたのには理由がある。僕はその三日ほど前に、すでに魔女に会っていたのだ。顔はみていない。あるいは、覚えていない。でも魔女と話した内容は、はっきり記憶している。そのときの声や口調で、安達とは別人だというのが瞭然だった。

つまりこの時点で僕は、すでに人格の一部を捨てていたのだ。

それでも魔女を捜していたのは、嘘ではない。

より正確には、「魔女を捜すことに危険はないのか」を、僕は調べたかった。埋められた地雷を探すベルジアン・シェパードみたいに、怪しいところで鼻をくんくんさせるのだ。だからわけのわからないウェブページにメールを送ったし、怪しい呼び出しにも応じた。安達が善人なのか、悪人なのかも、できれば嗅ぎ分けておきたかった。

結論からいえば、安達はこの時点で、いくつかの嘘をついていたようだ。

でも僕は最後まで、安達の性質をはっきりと知ることはできなかった。彼女が善人なのか、悪人なのか。あるいはどちらでもないのか。それもわからないままだ。
翌年の二月一〇日、僕たちは魔女に出会う。
そして安達は僕の目の前から消えてしまう。おそらくは永遠に。
これは僕の初恋の物語であると同時に、安達の物語でもあるはずだ。
でもそれがどんな物語なのか、僕に知る術はもうない。

一話、引き算の魔女の噂

1

意外なことに、九月に入っても僕の生活はそれほど変化しなかった。

もちろん夏休みのあいだのように昼前まで寝ているわけにはいかないけれど、寝ぼけたまま午前七時にベッドから這い出すコツもすぐに身体が思い出したらしい。授業中にあくびを噛み殺すのも、四十数日ぶりに顔を合わせたクラスメイトとの微妙な距離を最適な幅に置き換えるのも、小学校から数えれば一〇年近く学生をやっているのだから手慣れたものだ。来月には文化祭と体育祭があり、その準備も徐々に本格化しつつある。これは、去年まで中学生だった僕には経験のないものだけど、でも学校行事特有の、レールに乗っておけば自動的にゴールまで導かれる安心感のおかげであまり真新しいイベントという気もしなかった。

僕が変化を予感していたのは、より個人的な、ふたつの理由によるものだ。

ひとつ目は僕が、魔女に人格の一部を引き抜かれたこと。その魔法の効果は、僕自身もはっきりと実感している。いくつかの点で、考え方がこれまでとは明らかに異なっている。でも傍からは違いがよくわからないらしく、夏休み中の日焼けほども話題に上らなかった。

実際、僕に向かってそのことを指摘したのは、たったひとりだけだ。

そのひとりが、変化を予感していたふたつ目の理由だった。

真辺由宇《まなべゆう》。

彼女は六年も前からの、僕の友人だ。

僕たちは同じ小学校に通っていて、同じ中学校に進学した。でも中学二年生の夏休みに彼女が転校してしまい、この夏に再会するまでは、メールの一通も交わさなかった。そもそも中学二年生のころ、僕たちは互いに携帯電話を持っていなかったから、アドレスを交換するタイミングもなかった。

もしアドレスを知っていたら、メールを送っていただろうか？　きっと僕の方から送ることはなかっただろうと思う。彼女の方も、よほどの事情がなければ、僕宛てのメールを書きはしなかったのではないだろうか。真辺由宇は理由さえあればどんな無茶だってするけれど、意味もなく人間関係を継続させる努力をする少女ではない。

八月二五日に、多少の運命を感じる再会を果たした僕たちは、ようやく連絡先を交換した。その時に僕は、彼女が同じ高校に転入してくることを知った。

真辺が再び目の前に現れたのだから、僕の生活が、これまでと同じであるはずがない。そう確信していたけれど、意外にも彼女がもたらした変化はささやかなものだった。

彼女が転入したのは一年二組で、四組に所属している僕の耳までその噂が聞こえてくることはなかった。同じクラスになっていたなら話は違うのだろうけれど、多くの高校一年生は、ふたつも隣のクラスの転校生を気にしなければならないほど話題には困っていないらしい。僕の教室では駅前にあるアイスクリーム屋が二〇円値上げしただとか、通学中によくみかける女の子が可愛いだとか、星座占いの九位の内容が一二位よりもひどかったなんて話に夢中だ。

学校の外でも、僕は真辺に積極的に会おうとはしなかったから、接点といえばたまに廊下ですれ違うときに挨拶を交わす程度だった。なんだか嵐が近づいているはずなのに空は晴れているような、もやもやとした不安を感じていた。

結局、僕が真辺由宇としっかり話をすることになったのは、二学期が始まって二週間ほど経ったある日の放課後だった。

＊

その日は夜明けから、激しい雨が降っていた。でも雨は昼を過ぎたころに上がり、放課後には洗い終えたばかりのような、新鮮な水色の空が広がっていた。

僕は傘を持って帰ろうか悩み、やっぱり置いていくことにして、校門を出たところで一〇メートルほど前方に彼女がいるのに気がついた。広くもない通りには同じ制服を着た生徒であふれていたけれど、後姿でも真辺由宇を見間違えることはない。

三歩か四歩のあいだ、迷う。

このまま彼女の後姿を眺めて歩くこともできたし、そうした方がずっと気楽だ。でも結局、僕は駆け寄って彼女の名前を呼んだ。

真辺はくるりと振り返り、手にしていた傘をアスファルトにつく。足元の水たまりが、色の薄い空を映している。

まっすぐにこちらをみていた彼女は、ほんの数センチ視線を動かす程度に首を傾げる。

「一緒に帰る？」

「途中まで。君、どこに住んでるの？」

「七草《ななくさ》の家の近くだよ。信号機ふたつしか離れてない」

それは知らなかった。なら、登下校のあいだに偶然出会ってもよさそうなものだけど、僕たちの生活リズムは少しずれているのかもしれない。きっと彼女は、チャイムが鳴る直前に教室に駆け込むことを生きがいにはしていないのだろう。

僕が隣に並ぶと、彼女は言った。

「どうしたの？」

「なにが？」

「きみから声をかけてくるの、珍しい」

そうだろうか。以前は走り回る真辺を呼び止めるのに必死だったような気がするけれど。

「とくに理由はないよ。たまたま後姿がみえたから」

あのころの僕は、たいてい真辺の少しだけ後ろをついて歩いていた。でも今は、肩を並べて駅に向かって歩き出す。

「こっちの生活は上手くいってる？」

そう尋ねると、真辺は真面目な顔で頷く。

「大丈夫だよ。授業の進み方も前の学校とそんなに違わないし。数学だけちょっと習ってないところがあるけど、でも中間テストまでには追いつけると思う」

「勉強の話じゃないよ」

「じゃあ、なに？」

「たとえば人間関係。友達はできた？」

「まだかな。たまに話す人はいるけど」

「部活には入らないの？」

「ソフトボール部に誘われてる。部員がぎりぎりなんだって」

「へぇ。やってみれば？　友達ができるかもしれない」

「考えてみる。七草は？」

「なんにもしてないよ。ちょっと歴史研究部が気になってるけど」

「歴史、好きだっけ？」

「とくに好きではないね。でもうちの歴史研究部は民俗学もやってるみたいで、そっちの方に興味がある」

「民俗学ってなにするの？」

「有名なのは、蝸牛考《かぎゅうこう》とか」

聞きなれない言葉だったのだろう、真辺は異国の言葉を真似るように「カギューコー」と反復する。

僕は話題を戻す。

「ソフトボールは、したことある？」

「体育の授業でなら。ねぇ、カギューコーってなに？」

「僕もよく知らない。気になるなら調べてみてよ」

「歴史研究部にいけば教えてもらえるの？」

「たぶんね。でも、真辺にはソフトボールの方が向いてる気がするな。運動はできる方でしょ」

「嫌いじゃないけど。毎日放課後に同じことをするのって、上手く想像できないよ」

「授業と同じようなものじゃない？　授業は好きでしょ」

「好きだよ。でも自由な時間がなくなるのも、それはそれで困る」

「今は、なにをしてるの？」

「ん？」

「放課後の自由な時間に」

真辺はしばらくのあいだ、沈黙した。

いったい、なにを考えているのだろう？　彼女の表情は滅多に変化しないから、感情を推し測るのも難しい。足取りはなんの迷いもないように、まっすぐに、同じリズムで進む。その先に小さな水たまりができていた。彼女は考え込むとすぐに周りがみえなくなるから、「足元、危ないよ」と伝えて、水たまりを避けるのを見守ってから僕は本題を切り出した。

「実は、君からもらったメールが、少し気になってるんだ」

八月二五日に、僕たちは再会した。連絡先を交換して、同じ日の夜、彼女からの初めてのメールが届いた。その歴史的な一通は、件名の「こんばんは」を除けば、たった一行の簡潔なものだった。

——七草は引き算の魔女を知っていますか？

なかなか興味深いメールではある。

引き算の魔女。

人格の一部を引いてくれる、とても便利な魔法使い。

どうして真辺がそんな噂話に興味を持つのか、あの夜から気になっていた。本当なら僕はもっと早く、メールをもらった翌日にでも彼女に会いに行くべきだったのかもしれない。でも僕にも迷いがあった。真辺との再会をどう受け止めればいいのか、上手く判断できなかったのだ。今もまだ、よくわからない。学生生活はもう一〇年近く経験しているけれど、引っ越しで遠く離れていた旧友に再会するのはこれが初めてだ。生徒手帳にも学級だよりにもマニュアルは載っていない。

「君はどうして、引き算の魔女のことを調べているの？」

そう尋ねると、真辺は視線をこちらに向けた。

以前と変わらない、まっすぐな瞳だ。なんのまぎれもない、まるで作り物みたいな。

その硬い視線を根本から曲げるように、彼女は軽く、首を傾げてみせた。

「秘密だよ」

息がつまる。

秘密なんてありふれたものだ。どこにだって、なんにだって、誰にだってあるものだ。でも真辺由宇がその言葉を使うのを、たぶんきっと、初めて聞いた。真辺由宇に隠すべきことがあるなんて、想像もできなかった。

「秘密」

「うん。秘密」

僕はわけもなくそわそわして、鞄の肩紐の位置を直す。なんだか困ってしまって、とりあえず笑って、試しに言ってみる。

「僕にだけ、こっそり教えてよ」

「だめだよ。秘密は秘密だよ」

「いつまで秘密なの？」

「どうかな。わからないけど、たぶんずっと先まで」

「そっか」

離れていたあいだに、彼女も変わったということだろうか。当たり前だ、と僕は思う。一四歳から一六歳までの二年間で、なにも変わらない人間がどこにいるだろう。彼女だって、きっと僕だって、時計と同じ速度で大人に近づいている。

僕は息を吐き出す。

「もし魔女のことが、なにかわかったら教えてよ。僕もちょっと興味がある」

「魔女に会いたいの？」

「本当にいるなら、会ってみたいけどね。フィクションだとしても面白いよ。民俗学では、都市伝説も研究する」

「引き算の魔女って都市伝説なの？」

「どうだろう。ツチノコとおんなじようなものだと思うけど」

僕はもうしばらく、引き算の魔女の話を続けたかった。

真辺はどんな風にその噂を知ったのだろう？　秘密なのにどうして、僕にメールしてきたのだろう？　疑問はいくつもあったけれど、今は上手く言葉にできなくて、僕たちはとりとめのない雑談で時間を潰した。小学校の裏にあった駄菓子屋がとうとう店じまいしただとか、かつての同級生の中で同じ高校にいるメンバーだとか、それから真辺が引っ越していた先のことだとか、そんな話だ。幸いにも話題に困ることはなかった。二年前であれば、互いに無言でも気まずくはなかったけれど、今はどうだかわからない。

僕たちは電車に乗って駅を三つ移動して、さらに一〇分ほど歩いた。

「私、こっちだから」

と真辺が言ったのは、中学生のころいつも別れていたのとそう違わない場所だった。

たった一本だけ、手前の曲がり角だ。

別れる直前、真辺は言った。

「約束、覚えてる?」

僕は頷く。

「もちろん」

彼女は安心したように笑って、こちらに手を振った。僕も手を振り返して、彼女に背を向けた。

そこからの、ほんの五分ほどの帰路の途中に、小さな公園がひとつある。二年前、真辺にさよならを言った公園だ。三週間ほど前に、彼女と再会した公園でもある。

公園のブランコやすべり台を何気なく眺めていると、別れたばかりの真辺の声が、秘密だよとささやいたような気がした。

2

「で、七草くんはその秘密が気になっているわけだ」

と安達《あだち》が言った。

「そりゃ秘密って言われると、知りたくなっちゃうものだよ」

と僕は答えた。

でも一方で、相手が秘密にしていることを、無理やりに暴き立てる必要はないとも思っている。好奇心という言葉には、苦手意識の方が強い。

僕が安達に会ったのは、真辺と下校した週の土曜日だった。引き算の魔女に関する情報を交換し合おうと、以前から約束していた。

僕たちは互いの住所を伝えていなかったから、初めて彼女に会ったのと同じ駅まで電車で移動して、改札を出てすぐの時計台の下で合流した。それから駅近くにあるマクドナルドに入り、向かい合って座った。隣の席では三人の小学生が陣取って、それぞれ手元の携帯ゲーム機を睨みつけている。

僕たちはハンバーガーとフライドポテトを食べて、コカコーラを飲みながら、ぽつぽつと魔女について話した。自然な流れで真辺由宇のことにも触れたけれど、詳しく説明したわけじゃない。同じ学校の少女も引き算の魔女を捜しているみたいだ、と伝えただけだった。「どうしてその子は、引き算の魔女を捜してるの？」と安達は言った。「さあね。秘密だって」と僕は答えた。それだけ。

なのに安達は、「引き算の魔女を捜している少女」に興味を持ったようだった。彼女はフライドポテトをつまんだ手を紙ナプキンで拭いて、言った。

「魔女に会いたいのはきっと、自分のどこかが嫌いだからだよね」

「たいていはそうだろうね」

「その子はなにを捨てたがってるのかな。七草くん、わからない？」

「わからない。そんなに親しいわけじゃないんだ」

「ホントに？　なんだか、違和感があるな」

「どうして？」

「だって七草くんは、その子に魔女を捜している理由を訊いたんでしょう？　変だよ」

「そう？　自然な質問だと思うけど」

「魔女に会いたいなら嫌いな自分を捨てたいに決まってるじゃない。つまり七草くんはこう質問したってことだよ。――貴女は貴女の、どこが嫌いなの？」

「なるほど。そう解説されると、とても無神経な質問だね」

「でしょう？　七草くんはそういうのを、無意味なくらいに気にしそうだもの。潔癖症っていうかさ。私の勝手なイメージだけど、貴方ってもう何年も、誰かにがんばれって言ったことないでしょ」

　最後にいつ、誰に向かって「がんばれ」と言ったのかは覚えていない。確かにそれは、まず使わない言葉のひとつだけれど、でも僕は首を振った。

「そんなことないよ。つまらないことを言っちゃって、後悔することも多いんだ。ほら、君に初めて会ったときにも、同じ質問をしたでしょ」

「あれは特殊な例だよ。私が魔女だって嘘をついていたすぐ後だから。テストみたいなもので、こっちの受け答えをみたくて、わざと棘のある質問をしたんだと思ってるんだけど」

「考えすぎだよ。純粋に、気になっただけだ」

「そうかな。ま、いいけど」

安達は納得がいっていない様子でコーラを飲みきって、ストローの先端を前歯で嚙んだ。僕はといえば半分ほどで満足してしまって、先ほどから紙コップの残りを持て余している。マクドナルドのセットメニューではついコーラを選んでしまうけれど、炭酸飲料をたくさん飲むのは苦手だ。

「私は別に、その子を仲間に入れてもいいよ」

「人数ばかり増やしても仕方ない」

「三人なら、多すぎるってこともないと思うけど」

「あの魔女のホームページを運営してるのが君だってことは、あまり知られない方がいいんじゃないかな」

「そう？　本気で怒る人も、まずいないと思うけど」

安達はもう一本ポテトをつまみ、また紙ナプキンで指先を拭いて、トートバッグからスマートフォンをひっぱりだした。

「じゃあ本題。そのホームページに届いたメールのことなんだけど」

「魔女に会ったって人？」

「うん。メールを続けてる」

「どんな話をしてるの？」

「あのホームページが嘘だっていうのは、もう伝えたよ。向こうも薄々わかってたみたい。直接会いたいって頼んだら、条件を出された」

彼女は、そのメールを確認しているのだろうか、指の腹でスマートフォンの画面を弾く。

「もうひとり、魔女に会ったことがある人をみつけてきて欲しい、だって。七草くんは、この条件にどんな意味があると思う？」

僕は口元に手を当てて考える。

名前も知らないその誰かは、すでに魔女に出会っている。なのにわざわざ安達のホームページにメールを送ったし、どうやら未だに魔女の情報を求めているようだ。

それは不思議な状況のように思える。一方で、僕にそっくりでもあった。僕もすでに魔女に出会っていて、なのに今もまだ魔女を追いかけている。

僕が魔女を捜している理由は、もちろん真辺由宇だ。彼女が魔女をみつけだしたいなら、好きにすればいい。彼女が自分の一部を捨て去りたいと思っているなら、それも、好きにすればいい。でも、もしも魔女を捜す過程に危険があるのなら、できるなら僕は先回りしてそれを取り除いておきたい。

たとえば安達は、魔女だと嘘をついてホームページを運営している。彼女にどれほどの悪意があるのかは、まだわからないけれど、悪人が魔女の噂を利用することは充分にあり得るように思う。漠然とでも魔女を信じていて、自分の一部を捨てたがっている人間は、傍からは罠にかかりやすい獲物にみえるかもしれない。僕が真辺を守ってやる、と大声で叫ぶつもりなんてないけれど、古い友人が傷つくのは気分が悪い。

安達がメールのやりとりをしている相手も同じなのだろうか？

身近な誰かの影響で魔女を捜すことを止められないでいるのだろうか？

もちろん、正確にはわからない。でも、僕とはまったく別の事情があると考える方が、自然なように思った。

「推測できることはひとつだけだね」

と、僕は安達に答える。

「当たり前だけど、魔女に出会っても、魔女のすべてがわかるわけじゃない。そのメールの相手は、自分が知らないことを、別の誰かなら知っていると思っている」

「でも変じゃない？　その人はもう魔女に人格の一部を引き抜いてもらってるんだよ。なら今さら、魔女のことを知る理由はないでしょ」

「わからないよ。また捨てたい自分がみつかったのかもしれない。それとも、前に捨てた自分を取り戻したいのかもしれない」

「確かに。便利なサービスは、リピートしたくなるね」

安達は頷いて、その拍子に少しずれた眼鏡の位置を直す。隣の席の小学生が、あ、と声を上げて、窓の向こうを指さした。みれば淡い青空を、大きな飛行機が横切っていく。安達もその飛行機を目で追って、たぶん意味もなく、小さな声で笑う。

「もっともっと、魔女がたくさんいたらいいのにね」

と彼女は言った。

「あなたの人格お掃除します、みたいな看板がそこら中にあってさ。箒を持った魔女が笑ってて。コンビニほどとは言わないけど、まあだいたい携帯電話のショップと同じくらいの数のお店があって、入店したら番号札を渡されて、冷たいお水は飲み放題で。ちょっと高めのレストランくらいの値段で、人格の一部を取ったりつけたりできるなら大儲けじゃない？」

「でもそんなことになったら、なにが自分なのかわからなくなっちゃうよ」

「そうかな」

安達はまた、つまらなそうにスマートフォンをいじり始める。

「私、本当の自分みたいな言い回しって、嫌いなの。じゃあ一体、どこに偽物の自分がいるっていうんだろ。たとえばなにか、むかむかすることがあったとするじゃない？目の前でおじさんが列に割り込んだとか、おばさんが自転車を倒したのにそのまま行っちゃったとか。七草くんだってそういうのをみると、いらっとするでしょ？」

「まあね。結局、何も言わずに通り過ぎるだろうけど」

自転車くらいなら、僕が起こしてあげてもいい。でもそれも気分次第だ。いつだって善人でいようと決めているわけでもない。

「うん」

安達は右手のスマートフォンをみつめたまま、空いている左手で僕を指した。

「それこそが本当の七草くんだよ。むかっとして、いらいらして、一言文句でも言ってやろうかと思って、でも実際にそうするほど純情でもなくて、とりあえず携帯の新着メールを確認してお茶を濁したりするのって、すごくその人らしいもの。面倒事を頼まれたとき、内心で毒づきながらしぶしぶ引き受けるのも。なんだかへとへとに疲れていて、自分でも汚く聞こえることを言っちゃうのも。こんなの本当の自分じゃないって叫んでいる相手が、実は本当の自分でさ。どんなに不都合でも、気に入らなくても、偽物の自分なんてこの世界のどこにもいないんだよ。そりゃスーパーヒーローに業を煮やした悪の秘密結社がそっくりさんを雇って悪事を働いてるっていうならわかるけど、そういうことでもないでしょ」

ずいぶん長い言葉をあまりにすらすら喋るから、そのことに驚いて、気がつけば安達をみつめていた。彼女の、改めて見ると意外と大きな口が閉じられても、僕はしばらく言葉が出てこなかった。どうにか首を振る。

「そんなの、言い方次第だよ。不本意な自分を、本当の自分じゃないって考えるのは、間違ったことじゃない。真実であれ無防備に受け入れるよりも、上手い言い回しで否定した方が都合が良いことだってある」

不透明な彼女の本心を、少しでも覗けるかと思って反論してみたけれど、上手くはいかなかったようだ。安達の顔つきは冷めていた。つまらない映画に付き合わされて、席を立つタイミングを計っているようだった。

「知ってるよ」

彼女はスマートフォンの画面を弾く。

「本当の自分って、実は新しい自分のことだって知ってるよ。もっと素敵に変わりたいのに今の自分を否定するのも嫌だから、そんな言葉を使うんでしょ。なら本当の自分を捜すのも魔女を捜すのも、きっと同じことだよね。苦労して自分を変えたらそれはいいことで、楽をして自分を変えるのが悪いことなんて、ちっとも説得力がないもの。昔は肉を切って、血を流して手術していた病気が、今はレーザーで安全に治る。ならレーザーを使えばいい。これってそういう話でしょ」

ひと通り喋ってしまうと、彼女はにんまり笑って、「よし」とスマートフォンを握った手でガッツポーズを作った。その拍子にみえたモニターには、アプリゲームの画面が映っていた。上手くステージをクリアできたのだろう。クールな表情の理由は、ただゲームに集中していただけなのかもしれない。

彼女はスマートフォンをトートバッグに放り込んで、こちらに向かって首を傾げた。

「で、なんの話だっけ？」

「本当の自分に関する考察、かな」

「そんな、どうでもいい話じゃないでしょ。ちょっと脇道に逸れちゃっただけだよ。私たちにはちゃんと重要な本題があった気がするんだけど」

「魔女に会ったって人が出してきた条件？」

「そう、それ。もうひとりって言われても困っちゃうよね。そうほいほい、魔女に会った人なんていないし」

「君のホームページにめぼしい情報はないの？」

「今のところはないかな。でも、メールをくれた人はたいてい魔女を捜してるはずだから、ひとりくらいもうみつけてるかもしれない」

なるほど。確かに彼女が受け取ったメールは、そのまま魔女に興味を持っている人たちのリストになる。

「そっちを調べるなら、安達に任せるしかないね」

「とりあえずやってみるけどね。あの怪しいホームページを、まともに相手してくれるかな。七草くんはどうするの？」

「僕はなにもしない。でも、君が上手く嘘をついてくれたら、とても助かる」

「嘘？」

「八月三一日、僕は魔女に会うために家を出たんだよ」

確かに、と安達は意地の悪い笑みを浮かべた。

「やっぱり私、本物の魔女だったみたい」

僕も笑う。意図して共犯者の笑みを作る。

「だとすればもうひとりの、魔女に会った誰かは僕だ」

とはいえ本当は、彼女が嘘をつく必要なんてない。

＊

夏の終わりに、魔女と話した。

八月二八日の夜、ベッドに寝転がって文庫本のページをめくっていたときに、僕のスマートフォンが震えた。モニターに表示されているのが知らない番号だったから、放っておこうかと迷ったけれど、思い当たることがあって結局電話に出た。相手は「魔女です」と名乗った。

声を聞く限りでは、僕とそう変わらない年齢の女の子のようだった。低めのざらついた声で、彼女は言った。

「貴方は捨てたいんですか？　それとも、拾いたいんですか？」

拾う？　と僕は訊き返した。

噂では引き算の魔女は、その名前の通りに人格を引き抜いていくばかりで、なにかを与えてくれるという風な話は聞かない。

「僕は、拾うこともできるんですか？」

魔女は改めて言う。

「捨てたいんですか？　拾いたいんですか？」

質問には答えてくれないようだ。諦めて、僕は答える。

「捨てるほうです」

「そうですか」

魔女の声は、少なくとも感情的ではなかった。でもその平坦な話し方は、微量の安堵を含んでいるようにも聞こえて、僕もなんだか安心した。もし拾う方を選んでいたなら、彼女はどんな声を出しただろう？

「貴方が捨てたいものは、なんですか？」

そう尋ねられて、口をつぐむ。

答えはもちろん決まっている。でもそれを上手く言葉にするのが難しい。結局、僕は質問を返した。

「本当に、貴女が魔女なんですか?」

「信じられませんか?」

「なかなか信じられることではないです」

「でも、貴方は魔女を捜していた」

「はい」

「信じられないのに、捜していたんですか?」

「ええ。それは——」

また言葉に詰まった。

このとき僕は、ひどく動揺していたのだと思う。

すでに安達のホームページにメールを送っていたから、魔女を名乗る人物から連絡があることも少しは考慮していて、電話に出たのもそれが理由だ。でも相手に伝わっているのはメールアドレスだけのはずで、どうして僕に電話を掛けられたのかわからない。グーグルで取得したばかりのメールアドレスから電話番号を知ることなんてできるだろうか。

「ほとんど信じていなくても、でも魔女に興味があったんです」

と、どうにか答える。

「魔女とは、なんですか？　どんな魔法が使えるんですか？」

彼女は躊躇いのない口調で答えた。

「魔女というのは、悪者です。生まれたときから決まっているんです。とても身勝手で、快楽主義者で、どんな我儘でも叶えられて。魔法を使って自分の喜びばかりを追求するんです」

「なのに貴女は、魔法を使って人を助けるんですか？」

「助ける？」

「だって、そうでしょう？　貴女はいらない人格を引き抜いてくれる」

「貴方からは、そんな風にみえている」

「事実は違うんですか？」

「どうでしょう。事実というのは、なんでしょう」

そのとき、電話の向こうの魔女は笑ったのかもしれなかった。笑い声が聞こえたわけではないけれど、なんとなく、言葉の片隅にそんなニュアンスを感じた。

「さあ、七草。貴方が捨てたいものを教えてください」

と魔女は言う。

本当なら、相手が僕の名前を知っているはずがなかった。メールでは偽名を使っていた。でも彼女が僕の名前を呼んだことに、不思議と違和感はなかった。

「僕が捨てたいのは――」

ようやく言葉がまとまって、僕は答えた。

＊

電話を切り、僕は眠った。

夢の中で魔女に会ったような気がする。彼女の顔をみて、なにか話をしたのではないか。でも目を覚ましたときに覚えていたのは、「魔女に会った」という印象だけで、具体的な内容は忘れていた。

魔法にかかった僕は、確かにいくつかの点で変化したのだと思う。

たとえば僕は、長いあいだ、自分自身をネガティブな人間だと思って生きてきた。悲観主義という言葉を知ったのは、たぶん小学校の三年生か、四年生か。はっきりとは覚えていないけれど、そのころにはもう、僕は悲観主義者の端っこに引っ掛かる人間だと考えていた。なにをするにしても失敗を前提に考えていたし、他人のことは信じるより疑っている方が楽だった。自分の価値のようなものも、よくわからなかった。

でも魔法にかかった僕の心情は一変し、朗らかな楽観主義者になったのだ――なんて、わかりやすい変化はない。今でも僕は、失敗することばかり考えているし、あまり親しくない人間は基本的に疑ってかかる。自分の価値なんてもの、わかるはずもない。そんなものを確信している高校一年生がいたとしたら、友達にはなれないなと思う。

それでも今の僕は、もう自分を悲観主義者と呼ぶつもりはなかった。僕自身の性質が変化したというよりは、別の視点を手に入れたのだと思う。灰色の雨雲は心を欝々とさせる。でもその雲の裏側はいつだって、太陽の光に照らされて純白に輝いている。雨雲の裏側を、しばしば意識するようになった。つまりは否定的な僕の中にも、肯定的な一面があることを、多少は認められるようになっていた。

僕が魔女に引き抜いてもらったのは、悲観主義的な自分ではない。そんなものは大した問題じゃない。魔女の魔法に頼ったのは、より本質的な僕の問題を解決するためで、悲観主義に関する認識の変化はその副産物でしかない。

僕が捨てたものを端的に言い表すなら、それは信仰だった。

3

九月二五日の放課後に、一度帰宅した僕は、鞄を置いてすぐにまた家を出た。

ほんの数分先の公園に向かって歩く。

その公園を目指すのは、なんだか妙に気恥ずかしかった。小学校のころから高校に入った今もまだ、公園は僕の通学路の片脇にあり続けたけれど、この何年かは隣を通り過ぎるばかりで、たまに足を踏み込んでもそれは近道として突っ切るのが目的だった。僕が最後に、公園に行くために家を出たのは、もう二年も前のことだ。

あの日と同じように、今日も真辺に会う約束をしている。

先月にこの公園で真辺と再会した僕は、でも彼女の質問に上手く答えられなくて、ひと月待って欲しいと言った。あれからちょうどひと月が経った。

僕は公園に踏み込み、ベンチの片端に腰を下ろす。空は晴れ渡っている。九月の前半はよく雨が降ったけれど、その反動だろうか、この一週間は降水確率が二〇パーセント以下を維持している。

夕刻になりかけの、でもまだ青空がみえる公園では、少年がひとりリフティングの練習をしているきりだった。鮮やかな赤いTシャツを着た、小学校の二年生か三年生くらいの幼い少年だ。こちらに背を向けているから、顔はみえない。

僕は頭の中でリフティングの回数をカウントして過ごした。最初は八七回で、次はちょうど七〇回だった。三度目で九〇回を超えた。でも九三回目でバランスを崩し、それから大きく伸ばした足でもう一度ボールに触れたけれど、結局一〇〇回には届かなかった。その子が転がったボールを拾いに行くときに、初めて彼の横顔がみえた。少年は太い眉を不機嫌そうに歪めていた。

　僕はそこで、リフティングを数えるのを止めた。

　転がったボールを拾い上げた彼は、ステージに向かう演奏者みたいに胸を張って公園の真ん中に戻り、またリフティングを始めた。ブランコもすべり台も僕も、みんな少年に注目していたけれど、彼はそんな視線には気づいてもいない様子だった。ボールは滑らかに落ちては上がる。ひたむきな少年の姿は公園によく似合っている。このまま一枚の写真に収めて部屋の壁に飾ったなら、毎朝が少しだけ清々しくなるかもしれない。

　何度目かの挑戦を終えたとき、彼は「よし」とささやく。深く大地にナイフを突き刺すような、切実な声だった。少年はボールを拾い上げてステージを下り、あとには僕と、主役を失くして寂しげな公園だけが取り残された。

　真辺由宇が現れたのは、約束の時間になるちょうど五分前だった。

　彼女は公園の入り口ですぐにこちらに気づいたようだ。小走り気味に駆け寄ってくる。

「さっきまで、そこで男の子が、リフティングの練習をしてたんだ」

　と僕は切り出した。

「もしかしたら僕は、その子が生まれて初めて一〇〇回以上のリフティングに成功した、世界で唯一の目撃者になったのかもしれない。話しもしなかったから本当のところはわからないけれど、でもなんとなくそんな気がする」

真辺は気の抜けた表情で、首を傾げた。どうして僕がそんな話を始めたのか、理解できなかったのだろう。僕にしてみれば、意味なんてなかった。なんとなく彼女の顔をみたときに、あの少年の話をしたくなっただけだ。

「それは運がよかったね」

と真辺は言った。それからほほ笑んだ。

「だれもみていないよりも、きみ一人でもみていた方が、たぶんよいことだよね」

「そうだね。将来、彼が有名なサッカー選手になったら、僕は歴史的な目撃者かもしれない」

「有名なサッカー選手にならなかったら、歴史的じゃないのかな?」

「どうだろう。うちに帰ったら、歴史の意味を調べてみるよ」

頷いて、真辺は僕の隣に腰を下ろした。

「私は蝸牛考のことを調べたよ」

「意味はわかった?」

「だいたいわかった。面白かった」

「それはよかった」

「うん」

頷いて、真辺はしばらく沈黙した。

僕はその横顔をちらりと盗み見て、彼女の心情を想像する。もちろん想像だけでわかるはずもないけれど、でも考えないわけにもいかない。

僕たちは二年前にこの公園でさよならを言い合って、ちょうどひと月前に再会した。

＊

あの日、公園に足を踏み込んだことに、大した意味なんてなかった。

暇つぶしにインターネットをうろうろしていた僕は、以前図書館で読んで気に入ったハードカバーが文庫になっていることを知り、本屋に向かうためにクーラーの効いた部屋を出た。とはいえ、すぐに読み返したいわけでもなかった。どちらかといえば気まぐれに出歩くのが目的だった。

途中、公園を通り抜けることにした。そうした方が、ほんの少しだけ近道なのだ。もし夏の日差しがあれほど強くなかったなら、素直に道路を歩いていたかもしれない。

公園に入ってすぐ、ベンチに真辺由宇が座っているのに気がついた。彼女のまっすぐな瞳が僕をみていたから、気づかないわけにはいかなかった。

「七草」

と、彼女は僕の名前を呼んだ。

ひどく驚いたのを覚えている。真辺は遠くに引っ越して、この街にはいないはずだった。それに、ただの直感だけど、もう二度と彼女には会わないような気がしていた。

僕が近づくと、真辺は笑う。

「ほら。やっぱり会えた」

なにがやっぱりなのかわからない、と言えたなら気楽だった。

でも僕には、彼女の言葉の意味がわかった。

二年前、真辺由宇は言ったのだ。

――約束しよう、七草。

今にも泣きだしそうな顔で、彼女に似合わないナイーブな表情で、でもやっぱりまっすぐにこちらをみて。

――私たちはまたここで会うの。

僕はその言葉に、頷きはしなかった。できるなら彼女にはもう会いたくないとさえ思っていた。彼女のことが嫌いだったわけではない。反対だ。僕からは真辺由宇があんまり綺麗にみえて、誇らしいもののような気がして、だから彼女が変わっていく姿をみたくなかった。

覚悟を決めて、僕はほほ笑む。

「久しぶり。元気にしてた?」

「うん。とても健康だった。七草は?」

「僕も大きな病気にはかかっていない。一時期、咳が止まらなくなってね。軽い風邪だと思って放っておいたら、ひと月も治まらなくて少し困った。でも病院に行ったら、びっくりするくらい簡単に治った」

「病院には早めに行った方がいいよ」

「頭ではわかってるんだけどね」

隣に座ってもいい？　と僕は尋ねた。

もちろん。と真辺は答えた。ここは私のベンチじゃないんだし、七草にはずっと会いたかったよ。

隣に腰を下ろすと、彼女の背が、少し伸びていた。公園を見渡せば、なにもかもが年を取っているのに気づいた。僕が小学生のころに塗り直されたすべり台のペンキが剝げはじめている。鉄網のごみ箱はずいぶん錆が出ている。砂場もなんだか、記憶よりも白っぽくみえた。

「どうして、ここに？」

「また引っ越してきた。お父さんが本社勤務に戻って」

「もう二度と会えないようなロぶりだったのに」

「そんなことないよ。また会おうって言ったじゃない」

「でもそれはとても難しいことみたいだった」

「私は、大人になればどうにでもなると思ってたけど。でも、二年で戻ってくるとは思ってなかったな」

「いつこっちにきたの？」

「今朝だよ。着いてすぐ、この制服を取りにいって、お昼を食べて、ここにきた」

彼女の服のことは、もちろん気になっていた。よくあるセーラー服だけど、胸に校章がある。

「その制服」

「ん？」

「僕の高校の制服だね」

真辺は微笑む。

「そっか。なんとなく、そんな気はしてたんだけど」

彼女が同じ高校に転入してくることには、小さな運命を感じないわけにはいかなかった。でも考えてみれば自然な成り行きかもしれない。僕と彼女の学力はそう変わらなかったし、なら高校の選択肢も当然似通う。こちらに引っ越してきたのだって、同じことだ。父親の会社の異動でこの街を離れていたのなら、また異動で戻ってくることもあるだろう。

公園の入り口でセーラー服を着た真辺をみつけたときには、なんだか途方もなく劇的なことが起こっているような気がしたけれど、実際にはそれほどでもないのかもしれない。世の中にありふれた偶然のひとつなのかもしれない。

真辺の様子は、二年前となにも変わりがなかった。まっすぐにこちらをみて、迷いのない声で話した。その視線は光が進むのと同じように純粋な直線だったし、その声は小さくてもはっきりと届いた。

真辺の目をみていると、僕は以前と同じように、なんだか浮遊するような気持ちになった。すべての星が消えてしまった宇宙を眺めているようだった。そこは果てしなく澄んでいて、なんのノイズもなく、寂しい。でもなによりも綺麗にみえる。

僕はじっと真辺と目を合わせていることに、なんだか罪悪感のようなものを覚えて、少しだけ視線を落とす。彼女の首筋には汗がにじんでいる。

「暑くない？」

「暑いよ。ポケットにチョコレートを入れていたら、すぐに溶けちゃいそう」

「ならこんな、日陰もないベンチに座っていることはない。熱中症になっちゃうよ」

「それでも私は、ここにこないわけにはいかなかったんだよ」

僕が目を逸らしてもまだ、彼女の瞳が、僕をみているのがわかった。

真辺は言った。

「覚えてる？　私は七草に会ったら、きみが笑った理由を教えてもらうつもりだった」

よく覚えている。

二年前、真辺が引っ越すのだと聞いたとき、どうやら僕は笑ったらしい。自分の表情なんてもの、いちいち気にも留めていなかったけれど、真辺は僕が笑ったという。

僕の笑顔は真辺をいくらか傷つけたようだった。

たしかに友人に長いお別れを告げて、相手が笑ったなら、僕だって少しくらい悲しい気持ちになるかもしれない。なにかネガティブな想像をしてしまうかもしれない。僕はもちろん、笑うべきではなかったのだ。もし笑ってしまったなら、嘘でも聞き心地のよい言葉で誤魔化すべきだったのだ。

でも二年前の僕には、それができなかった。

今もまだ、口にするべき言葉に迷っている。

真辺は言った。

「制服を着たら、この公園で頭がいっぱいになったんだよ。どれだけ暑くても、ここに来ないわけにはいかなかった。七草に会えるような気がした。電話をかけてもよかったんだけど、それも違うんじゃないかと思った。待っていたら本当に、きみが来た」

「偶然だよ。たまたま、通りかかっただけだ」

「そんなのどうだっていいことだよ。偶然か、そうじゃないかなんて、どっちでも。私はずっときみが笑った理由を知りたかった。考えれば考えるほど、そのことが重要なんだと思った。だから、部屋で段ボールの中身を引っ張り出してる場合じゃなくなった」

「どうして？」

「ん？」

「どうして真辺は、そんなにも僕が笑った理由が気になるんだろう？」

「いちばん、私が後悔していることだからだよ」

彼女が後悔という言葉を使ったことが不思議だった。それは真辺由宇には似合わない言葉のように思えた。僕は彼女のすべてを肯定していたわけではないけれど、それでも彼女には、なにひとつとして後悔して欲しくなかった。そしてそれは、彼女のすべてを肯定しているのと、ほとんど同じことだった。

真辺由宇は、僕ではない、まっすぐに前方をみつめて続ける。

「引っ越すことを話して、きみが笑ったとき、私はわけもわからずに悲しくなったんだよ。ううん、悲しいっていうのは違うかもしれない。怖くなったっていうのが近いかもしれない。私はきみがいちばんの友達だと思ってた。きみは私のことをみんな受け入れてくれているんだと思ってた。きっと、とても自然に。あまりに自然にそう思い込んでいたから、あとでゆっくり考えてみないと、私にもわからなかった。でもね、だからきみが笑ったのをみて、とても怖くなったんだよ。わかる？」

「わかると思う」

　僕は頷く。

「つまり君は、裏切られたと思ったんだね。まるで僕が、君と別れることを喜んでいるみたいだったから」

「違うよ」

　真辺は首を振る。彼女の繊細な髪が、感情的に揺れる。

「そんな気持ちもあったかもしれない。でも、本当に大事なのは、私はきみにどれだけの迷惑をかけていたんだろうっていうことだよ。たぶん七草からみた私は、すごく子供っぽい、我儘な人間なんだと思うけど」

　言葉の上辺だけを取れば、その通りだ。真辺由宇は子供っぽくて、我儘だ。

　でもそれだけの表現では、ニュアンスが正確ではない。

　たとえば風の流れは自由にみえるかもしれない。それを我儘と呼ぶこともできるかもしれない。でも本当は、風は気圧の変化に応じて、厳密なルールに従って吹いている。風自体に自由な意思はない。真辺由宇は風のようだ。部分を切り取れば我儘にみえるけれど、本当は極めて強固な、客観的なルールに基づいて動いている。

　でもそのニュアンスの違いを彼女に説明するのが難しくて、改めて丁寧に説明するべきことなのかも判断がつかなくて、加えていうなら彼女に我儘だという自覚があったことに驚いていて、僕は言葉に詰まってしまう。

そのあいだに、真辺由宇は言った。

「たしかに私は我儘だけど、でも、自分が選んだことの意味はわかっているつもりだった。傷は痛いことを知っているつもりだった。誰を傷つけているのか、知っているつもりだった。上手く言えないけど、それが私のプライドだった。でも、ねぇ、七草。私はきみを傷つけたことなんて、一度もないと思ってたんだよ。それが大間違いだったなら、私はこれまで、なにもかもを間違えていたのかもしれない」

「だから、怖くなったの？」

彼女は頷く。

僕はそっとため息をつく。

――真辺由宇がどれだけ迷惑な存在なのか、自覚しているはずなんてないんだ。

それだけは確信を持てる。

たしかに真辺は、彼女なりに冷静で、客観的なのだろう。そうすることを強固に自分に課しているのだろう。でも前提から違うのだ。きっと彼女には、世界が現実よりもずっと綺麗にみえている。ずっと正しいものにみえている。そもそものインプットが違っているのだから、正確な結論を導き出せるわけがない。

僕にはその、彼女の誤りが誇らしかった。

この歪んだ現実に対して、彼女はあんまりまっすぐで、そのずれこそがいつまでも守られていて欲しかった。

「ねぇ、七草」

前を向いたまま、彼女はまた、僕に呼びかける。

「私はきみが笑った理由を知らないといけないんだと思う。それで、私は変わらないといけないんだと思う。間違いは正す必要があるよ。だから、お願い。教えてほしい」

僕は全身から血の気が引くのを感じていた。手足や首筋の辺りが痺れるように冷えた。引いた血は心臓に集まり、そこだけが妙に熱くて、ずきんと痛む。それは二年前、真辺が感じた恐怖と同質のものかもしれない。

今、目の前で真辺は変わろうとしているのだ。自らそれを望んでいるのだ。僕が我儘に願っていた、いちばん傷ついていて欲しくない彼女の部分が、僕のせいで傷つこうとしているのだ。

あるいはそれは、真っ当な変化なのかもしれない。ようやく現実を受け入れて、彼女は少しだけ大人になろうとしているのかもしれない。だとしても、僕にはそれが、許せない。

この場面を乗り切ることは、きっとそう難しくないのだと思う。

二年前、僕が笑った理由なんてもう思い出せるはずもないけれど、適当な嘘で彼女を言い包めることはできるはずだ。そうするべきだとわかっていた。本当なら二年前、僕は上手く嘘をつかなければならなかったのだ。

今、僕の役目は、ひとつだけだ。

彼女の中に生まれた否定を、もう一度丁寧に否定することだけだ。

どう話せばそれが可能なのかも、だいたいわかっていた。口先で誤魔化すのは得意なんだ。本当のことなんて無価値だと信じて、耳触りの良い言葉だけを上手く選べるはずだ。

なのに、どうしてだろう。

二年前と同じように、僕にはそれを、上手く声にできなかった。

真辺はもう喋らない。じっと僕の返事を待っている。

困ってしまって、時間をかけて、僕は首を振る。

「僕には、わからない」

なぜ笑ったのか、どうしても思い出せなくて。

上手く嘘もつけなくて、僕は彼女の横顔をみつめる。

「君が戻ってくるなんて、知らなかったんだ。とても驚いたよ。だから上手く頭が回らないんだと思う。頼むから少し待ってくれないか？」

「いいよ。どれくらい待てばいい？」

「じゃあ、ひと月」

その時間に意味はなかった。

ひと月考えてなにも答えがでなければ、改めて謝ろうと思った。

彼女は頷いて、ようやくまたこちらをみる。

「わかった。ひと月後に、ここで」

「うん。それまでによく考えておくよ」

こんな風に、僕たちは再会した。

*

あれからひと月が経った。

僕たちは約束通りにまた、公園で顔を合わせた。

「教えて」

彼女は言う。

「どうして、きみは笑ったの?」

僕はまだ、自分が笑った理由を知らない。特に知りたいとも思わなかった。どうだっていいことだ。

でもひと月前とは、明らかに違う点がある。二年前とはまったく違う点がある。いつものようにまっすぐに、でも少しだけ不安げに前方をみつめる彼女の横顔にも、もう僕の胸は不用意にざわつかない。

——ねぇ、真辺。僕は魔法にかかって成長したんだよ。

短くまとめてしまえば、まるで優しい童話みたいだろ？　魔女が僕のいらないものを引き抜いてくれたんだよ。

だから今は、答えられる。

「君を迷惑だと思ったことなんて、ただの一度もないよ。もしも君がそんなことを気にしているんだとしたら、まったくの誤解だ」

言葉はスムーズに出てきた。

あんまり淀みなく話し過ぎると、なんだかリアリティがないような気がして、僕は深く呼吸をした。彼女はやっぱり正面をみていた。ずっと、空でさえ遮れないくらい遠くを眺めているように、僕にはみえた。

考えながら喋るふりをして、ゆっくりと続ける。

「あのとき笑ったのは、へんに強がっちゃっただけなんだ。君が引っ越してしまうことが悲しかった。本当に、自分でも意外なくらいに。でも君の前で泣き出すわけにもいかないし、それに我儘を言ってもどうしようもないことだってわかっていた。だから無理やり笑うしかなかったんだよ」

もちろん、作り話だ。

でも言葉にしてみると、まるでそれが真実だったような気がしてくる。

「真辺はとても悲しくて、それで笑ってしまったことがある？」

彼女は首を振る。

「たぶん、ないと思う。これまでのことをみんな覚えてるわけじゃないけど」

「うん。君は、そんなことじゃ笑わないんだろうね」

きっと、本当に。

彼女はこんな風に、嘘をついたり、その嘘を自分でも信じようとしたりしないんだろう。それはとても素敵なことだ。

「君は変わらなくていいんだよ。いつも自然に、本当の自分をむき出しにしていていいんだ」

――本当の自分みたいな言い回しって、嫌いなの。

と安達が言う。

その気持ちは、よくわかる。でも言葉なんてものはただのツールで、便利に使えるならそれでいい。好き嫌いでわざわざ不自由になる必要はない。

「また君に会えて嬉しいよ。以前と同じように、これからも仲良くやっていこう」

僕はそう締めくくる。

それから彼女の様子をうかがう。

きっとこれくらいで、彼女は納得してくれるだろうと思っていたけれど、もしかしたらもう少し別のアプローチが必要かもしれない。

しばらく黙り込んでいた彼女は、一度深く頷いて、それからこちらをみた。

「丁寧に説明してくれて、ありがとう」

「いや」

「あのころ私たちは、どんな風に一緒にいたんだっけ？」

「どうだったかな」

こちらの質問には、真実だけで答えることもできたのかもしれない。忘れるはずもないけど、言葉にするのが難しくて、僕はありきたりに続ける。

「そんなことは、なにも考えなくていいんだと思うよ。自然にしていたらきっと、あのころと同じように過ごせる」

「そうだと嬉しいけど」

真辺由宇は首を傾げる。

「でも七草、少し印象が変わった？」

「そうかな」

「うん。先月会ったときには気づかなかったけど、やっぱりちょっと雰囲気が違うような気がする」

「自分じゃよくわからないけど。なにが変わったの？」

「なんだろ。上手く言えないけど、ちょっとくっきりした」

僕は大げさに顔をしかめてみせる。

「じゃあそれまでは僕は、ぼんやりしてたってこと？　幽霊みたいに？」

「幽霊をみたことはないよ。でも、そうかな。霧が晴れたみたいに、見通しがよくなった気がする」

なるほど、と僕は心の中で頷く。

魔女に人格の一部を引き抜いてもらったのだから、僕は以前よりも少しだけ、単純な人間になったはずだ。おそらく真辺はそのことを指摘しているのだろう。

「君からみて、その変化は良いことかな？」

「わからないけど、でもやっぱり二年前と同じではないんだなって気がするよ」

「実のところ、それほど変わってないと思うけどね。もし以前と違っていても、きっと僕たちは仲良くやっていけるよ」

彼女は真剣な表情で頷く。

「うん。そうなるように頑張りたい」

僕は微笑む。できるなら、彼女の秘密について尋ねたかった。いったいどうして、真辺由宇は魔女を捜しているのだろう？　その理由を知りたかった。

でもそんなの、重要なことではないのかもしれない。

——本当の自分を捜すのも魔女を捜すのも、きっと同じことだよね。

と安達が言う。

そうかもしれないなと僕は思う。

真辺に伝えるべき言葉を伝えられたのは、喜ばしいことだ。そして、スムーズにそうできたのは、もちろん魔女のおかげだ。僕に魔法を否定する理由なんてない。

「きみと同じクラスになれなくて、すごく残念だったよ」

相変わらずの真剣な表情で、真辺はそう言った。

4

彼女と公園で話した日の夜、つまらない夢をみた。

僕はもの静かな山の中の長い階段の途中に立っていた。夜の山の闇は深く、階段にはぽつりぽつりと電灯がついていたけれど、上にも下にも、なにがあるのかわからなかった。

頭はクリーンだ。夢にありがちな思い込みのようなものがなくて、眠りに就くまでに考えていたことさえ詳細に思い出せる。

僕はその階段を上るべきなのか、下るべきなのか、しばらく迷っていた。夢の中なのだからどちらを選んでも大した違いはないだろう、という気もする。僕は寝つきが良い方ではないから、へんに目を覚ましてしまうと次にまた眠るまでずいぶん苦労するかもしれなくて、そのことの方が気になっていた。

僕はけっきょく、理由もないまま、階段を下る方を選んだ。

一段一段、高さも幅も等間隔の階段を下ってみるけれど、辺りの景色に変化はない。あるいは同じ場所を歩き続けているのかもしれない。それならそれでいい。でも靴底が階段を踏みしめる感覚は、妙にリアルだった。

そんな風にしていると、やがて、足音が聞こえてきた。

大きな音ではなかったけれど、この階段はやけに静かで、だからよく聞こえた。

暗い夜、山の中で聞く足音は不気味だった。でも嫌な気持ちがするだけで、恐怖とはまた違うものだった。その足音は階段を上ってくるようだ。

僕は足を止めた。

やがて階段の下から姿を現した人物をみて、顔をしかめる。そこにいたのは僕だった。

僕がつまらなそうな顔で、一段ずつ、階段を上ってきた。

僕の目の前で、僕が足を止める。

それからこちらの顔をじっくりと観察して、視線を落として、ため息をついた。

自分の表情を客観的にみるのは初めてだったけれど、ずいぶん嫌な気持ちになるものだ。傍からみた僕は、少なくとも善人にはみえなかった。なんだかわかった風な、なにもかもをつまらないと見下している風な表情で、友達になりたいとは思わない。

こちらの顔もみずに、目の前の僕は言う。

「できれば、上の様子を教えてくれないか？」

僕は首を振る。

「しばらく階段が続いている。それより上は知らない。気がついたら階段の途中に、ひとりで立っていたんだ。上るのも億劫だから下ってきた」

「なるほど。お前はここが、どこだと思う？」

「夢の中だろ」

「もう少し深く考えてみろよ」

「つまらない夢だ。もし夢なんてものに意味があるなら、自己嫌悪の現れかもしれないね。お前の顔をみて、多少は愛想よくしようと思ったよ」

目の前の僕は、またため息をつく。

「ま、お前にしてみれば、そんなものかもね」

「そっちは違うのか？」

「僕はもう少し、ここの意味を知っている」

「へぇ。聞きたいな」

「お前が気にすることじゃない。こんな風に、ひとりの人間がぽんとふたりに別れているわけだけど、別に相手に興味なんてないだろう？」

「まあね」

目の前の僕はつまらなそうに笑う。

「お互い、好き勝手に生きていくしかない。僕はなにを目指しても失敗ばかりだけど、それでも正しいと思うことを選んでいくほかにない」

「ああ。まったくだ」

僕が頷くと、目の前の僕は、再び階段を上り始めた。僕の隣をすり抜けて、さよならもいわずに歩き続けた。

僕も振り返ることはなかった。また独りきり、階段を下る。

それだけの、つまらない夢だった。

二話、時計と同じ速度で歩く

1

一〇月に入ってすぐの日曜日に、初めて利用した駅からバスに乗った。クリーム色の車体に、優しい水色のラインが入ったバスは、僕の街を走っているものと同じデザインだった。でも行き先にある停留所の名前にはひとつも聞き覚えがなかった。

路線の番号も発車時刻も、安達《あだち》からのメールで指示されたものだ。僕がバスに乗り込むと、彼女は後ろから二番目の座席の窓際に陣取って、文庫本を開いていた。文庫本にはカバーがかかっていなかった。表紙を確認すると、それはどうやら詩集のようだ。

彼女の隣に腰を下ろして、尋ねる。

「詩が好きなの？」

「さあね」

安達は煩わしそうに首を傾げる。

「わからないから、読んでみようかと思って。ブックオフで一〇〇円だったし」

「そう。感想は？」

「悪くないかな。でも、詩集ってなんか矛盾してる」

「どこが？」

「詩って集めるものじゃない気がする。一冊の本にまとまってるのが、なんだか不自然。本当はさ、ページを破いて、ばらばらに散らばらせて、なんとなく拾い上げたひとつを読むのがいいんじゃないかな」

なかなか詩的な感想だ、と僕は言った。

安達はつまらなそうに鼻を鳴らしただけだった。

彼女が文庫本のページをめくったから、僕もそこで口をつぐんだ。バスは重たい車体を揺らしながら、坂道を上っていく。また下るとわかっていても、上らなければならない坂だってある。バスも詩的だと言えなくはないな、と思ったけれど、もちろんただのこじつけだった。

これから秋山《あきやま》という人に会う予定だ。

歳は僕たちのひとつ上らしい。性別さえわからないけれど、安達はおそらく男性だろうと予想していた。

秋山さんは、魔女に会ったという人物だ。

安達はもうひと月ほど、彼――わからないけれど、とりあえず彼としておく――とメールで連絡を取り合っていたそうだ。秋山さんは、魔女に会った人を探していて、その役を僕が受け持つ予定になっている。

どんな風にして魔女に会ったのか、魔女とどんな会話を交わしたのか。そういった細々としたエピソードは、僕に任せると安達は言った。僕は嘘偽りなく、自分の体験を話すつもりだった。それはきっと、秋山さんの期待に応える内容ではないだろうけれど、どうしようもないことだ。

隣で安達が、文庫本を閉じる。

「私が捨てたいもの、知りたい？」

僕は彼女に視線を向ける。彼女もこちらをみて、微笑む。

「ほら、最初に会ったとき、そんなことを訊かれたから」

僕は首を振る。

「言いたくなければ別にいいよ。どうしても知りたいわけじゃない」

「でも私だけが、貴方が捨てたいものを知ってるのは、やっぱり不公平な気もするな。それに貴方の昔の話をたくさん聞かせてもらったし」

「何もかも公平じゃなきゃだめだなんて思ってないよ。君のおかげで、今日は秋山さんに会えるんだ。長々と自分のことを話すのは、気持ちの良いことじゃないけど、でも充分その価値はあった」

「ならいいけど」

そう呟いた安達は、どこか不満げでもあった。

「貴方がなにを考えてるのか、よくわからないんだよね。そこそこ人をみる目はある方だと、勝手に思ってるんだけど。犬派か猫派か予想して外したことないんだよ。すごくない？」

「それはすごい。僕はどっちにみえる？」

「どっちでもないかな。でもどっちだって言っても、当たりって答えそう」

あってる？　と彼女は首を傾げる。

なかなか惜しい。どちらかというと、僕は犬が好きだ。でも猫派だと言われても頷くつもりだったのは当たっている。日常会話において、真実なんてものが重要だとは思わない。

「その通り」

と僕は笑った。

安達は眼鏡のブリッジを軽く押して、そのまま右手を口元に当てる。

「このよくみえる目でみたところ、貴方は私を信用してないみたい」

「そんなことないよ。僕は愛想が悪いから、君を疑っているように感じるだけじゃないかって気がするけど」

「いつもにこにこしてるじゃない。でもま、別にそのことが不満だってわけじゃないんだけど、これってけっこう特殊なことだから」

「君は人に信用されやすいの？」

「というか、たいていの人は、理由がないと他人を疑ったまんまじゃいられないと思うよ。別に性善説の話をしているわけじゃなくって、ずっと疑ってるのは疲れるでしょ？出会ってひと月も経って、そのあいだに顔を合わせたりメールしたりしてるとさ、やっぱり集中力が切れちゃって、とりあえず信じることにしてそうなものだけど」

「まったくだね。僕は君を疑ってるわけじゃない。本当に。そりゃ、初めて会ったときは警戒してたけど、今は一緒に魔女を捜す仲間だと思ってるよ」

「貴方の言葉は潔いくらいに本音じゃないね」

安達は楽しげに、からからと笑った。

「信用していないっていうのはね、私がどれだけ無茶苦茶に裏切っても、なんだか貴方はちっとも驚かない気がするってことだよ。怒らないどころか、ちょっと不機嫌になるようなこともないんじゃないかな」

「裏切るって、どんな風に？」

「なんだろ。たとえばバスを降りたら私の仲間がずらっと貴方を取り囲んで、ナイフをちらつかせたりして、有り金ぜんぶ奪っていく、とか」

「そんなことをされたら、僕だって不機嫌にはなると思うけど」

警察に行って事情を説明するのが面倒そうだ。面倒なことは、たいていなんだって嫌いだ。

安達は手の中の文庫本で、ぱたぱたと僕の顔を扇いだ。

「なんにせよ、もう少し貴方に信用されたいな」

「そう言われても困るけど。僕はどうしたらいいんだろう？」

「じゃあ、そうだね。みっつだけ貴方の質問に、なんでも正直に答えてあげる。だから信じられそうな質問をしてみてよ」

「咄嗟には思いつかないな」

もうちょっと考えてよ、と彼女は笑う。

「なんだっていいんだよ？　夜寝るときの恰好でもいい」

「じゃあひとつ目はそれにしよう」

「これはなかなか、恥ずかしい話なんだけど」

「へぇ。興味深いね」

「中学生のころのジャージだよ。深緑色で、胸のところに苗字の刺繍が入ってる」

「なかなかよく似合いそうだ」

「それって馬鹿にしてる？」

「そんなことないよ。男子高校生が本当に可愛いと思ってるのは、学校指定のジャージが似合う女の子なんだ。リズリサのワンピースもヴィヴィアン・ウエストウッドのネックレスも敵わない」

「ならいいけど」

安達はまだ納得いかない様子で、顔をしかめてみせた。

「ふたつ目は？」

促されて、僕は考える。

次の疑問は素直に湧いてきた。

「君はどうして僕に信用されたいんだろう？」

「どうしてって言われても困るな。一緒に魔女を捜すんだから、疑われてるよりも気持ちがいいじゃない？」

「なるほど」

簡単には信じられなかったけれど、疑う根拠もない返答だ。

「じゃあ、みっつ目」

僕は安達をみつめる。

残念ながら、それほど人をみる目には自信がないけれど、それでも真剣にみえるようにじっとその表情を観察する。

「君は本当に、魔女がいると思ってるの？」

一般的に考えて、高校生が、魔女の実在を信じられるはずなんてない。

困った風に眉を寄せて笑って、安達は答える。

「わからないけど。でも、いて欲しいとは思ってるよ」

そうだねと、僕は頷く。

安達はすべての質問に、正直に答えたのだろうか。

もちろん僕には、わからないことだ。


秋山さんが待ち合わせに指定したのは、ほんの小さな図書館だった。外見は民家とそう変わらない。どうにか公的な施設らしいのは、見通しの良いガラス扉と、そこに張られたポスターくらいなものだ。

「ここで会う予定だよ」

安達は入口の脇のベンチを指さした。ベンチの隣には自動販売機が設置されている。

「約束の時間まで、まだ一〇分くらいあるね。ちょっと待っててもらっていい？」

「君は？」

「秋山さんはまず、貴方とふたりで話したいって言ってる。私は中で時間を潰してるよ」

「わかった。それでいい」

「じゃ、上手くやってね」

安達は図書館の中に入っていく。

ベンチに腰を下ろした僕は、ほかにすることもなくて、しばらくガラス扉に張られたポスターを眺めて過ごした。ポスターの種類は多様だ。チャリティーバザーの開催を告げるもの、シートベルトの必要性を説くもの、クジラの秘密展の案内。火の用心のポスターは、どうやら中学生のコンクールで最優秀賞を取ったものらしい。真っ黒な背景に燃える家が描かれたそのポスターは、火事の恐ろしさがストレートに表現されている。

僕はポスターに書かれているすべての文字を丁寧に読み込んだ。参加するつもりのないイベントの日時まで、すっかり覚えてしまったころ、足音が聞こえた。

ひとりの少女がこちらに近づいてくる。僕とそう違わない歳の、背の高い少女。左目の下に小さな泣きぼくろがあって、そのせいか、少しだけ悲しそうな印象を受ける。

――この子が、秋山さんだろうか？

だが少女は僕に見向きもせずに、ベンチの前を通過して、自動販売機の前に立つ。コインを投入し、睨むような目で商品を眺めて、アイスミルクティのボタンを押す。缶が重たい音を立てて取り出し口に落ちる。

　僕はじっと彼女を眺めていた。なんだか、目を逸らすタイミングを逃してしまったのだ。彼女はアイスミルクティを手に取り、こちらに背を向ける。

　そのとき。

「君が七草《ななくさ》くんかな？」

　声をかけられて、僕は振り返る。

　五メートルほど離れたところに、ひとりの青年が立っている。タイトな黒いジーンズを穿き、シンプルな白いワイシャツを着た青年だ。ずいぶん痩せていて、手足が長い。彼の体型は、以前テレビでみたバレエダンサーを連想させた。

　僕はベンチから立ち上がる。

「秋山さんですか？」

「うん。わざわざ悪いね、こんなところまで来てもらって」

「いえ」

　秋山さんは、少女が立ち去ったばかりの自動販売機の前に立つ。

「なにか飲む？」

「僕のぶんは、自分で」

「いいよ。呼び出したのはオレの方だ。――ねぇ、こういうやり取りって、時間の無駄だと思わないかい？」

確かに、その通りだ。それに年上には、素直にごちそうになった方が、行儀が良いような気もする。

「では、アイスコーヒーを」

「普通のと、微糖と、ブラックがある」

「微糖でお願いします」

秋山さんはまず微糖のアイスコーヒーのボタンを押し、次にミニッツメイドのオレンジジュースのボタンを押した。僕は彼から缶コーヒーを受け取って、「ありがとうございます」と頭を下げた。

並んでベンチに腰を下ろす。

「どうして図書館なんですか？」

と僕は尋ねてみた。

待ち合わせの場所として、一般的だとは思えなかったのだ。

「うちから近くて、静かで、人がこない。ほら、人通りもほとんどない」

確かに先ほどの少女を別にすれば、通行人はみかけない。

秋山さんはオレンジジュースに口をつけてから、こちらにほほ笑んだ。

「会えて嬉しいよ。君の話を聞きたい」

「期待にお応えできればいいですが、あんまり自信がありません」

「魔女に会ったんだろう？」

「正確には、電話で話しをしただけです。その夜、夢の中で顔を合わせたかもしれません。でもはっきりとは覚えていません」

「夢？」

「なんとなくそんな気がしただけです。本当にただの夢で、実際の魔女は関係がないのかもしれません」

「オレのときも電話だったよ。夢をみた記憶はないな」

彼は眉を寄せて、ほんの二秒か三秒のあいだ、なにか考え込んでいたようだ。でも答えが出る問題ではないと判断したのだろう、また視線を僕に向ける。

「それで、彼女は君に魔法をかけたのか？」

「はい。おそらく」

魔女は呪文さえ唱えなかった。

僕は捨てたいものを告げ、魔女はわかりましたと答えた。それだけだ。彼女は囁くような優しい声で「おやすみなさい」と告げて、電話を切った。

彼女の言葉の通りに、僕は眠った。夢の中で魔女に会い、もう少しだけ話をしたような気もする。でも目覚めるとその大半は忘れていた。魔女の顔も。その夢が特別な体験だったのか、ありふれたただの夢だったのかも、今となっては判断がつかない。

それでも翌朝目覚めた僕は、確かに変化していた。一見すると同じでも、丁寧にやすりをかけられたように、手触りが違っていた。

秋山さんは首を傾げる。

「魔女とは、どんな話をしたんだ？」

「それほど話していません。魔女のことを、少しだけ聞きました」

「彼女は、なんて？」

「魔女は悪者なんだと言っていました」

その言葉は、はっきり覚えている。

——生まれたときから決まっているんです。とても身勝手で、快楽主義者で、どんな我儘でも叶えられて。魔法を使って自分の喜びばかりを追求するんです。

それは僕の、引き算の魔女のイメージとは違う。自分の欠点を引き抜いてくれる彼女は、もっと善良ななにかにみえる。

「オレには、そんな話はしてくれなかったな。なにを捨てたいのか尋ねられて、それに答えただけだった」

最初の質問は同じでした、と答えようとしたけれど、違和感がある。

「魔女の言葉を、正確に覚えていますか？」

オレンジジュースを飲んでいた彼は、缶から口を離し、左手の指先でこめかみの辺りを押さえる。

「貴方が捨てたいものはなんですか？　だったかな。もうずいぶん前のことだからはっきりとは思い出せないけどね。だいたいそんな感じだったはずだ」

「本当に？　まず訊かれたのは、こうじゃないですか？」

彼の目をみて、魔女の言葉を反復する。

――貴方は捨てたいんですか？　それとも、拾いたいんですか？

秋山さんは間をおかずに否定した。

「いや。拾う？」

「僕は確かに、そう訊かれました」

間違いない。拾うという言葉が、それまで聞いていた魔女の噂とは矛盾していたから、印象に残っている。

秋山さんは自身の輪郭をなぞるように、左手で頬に触れた。

「興味深いな。魔女のきまぐれか、それとも相手によって質問を変えているのか」

「複数の魔女がいる可能性もあります」

「あるいは、オレたちのどちらかが嘘をついているのか。本当は魔女と話したことなんかなくて、適当な作り話をしているのかもしれない」

「僕の話が嘘だったとして、噂にないエピソードを追加する理由なんてありますか？」

「もちろんある。説得力が増す」

秋山さんが指摘したことは、僕も想定していたことだ。彼が嘘をついている可能性を疑っていたし、もちろん、こちらが疑われることもわかっていた。

「ひとつ、確かめる方法があります」

「へぇ。どうするんだ？」

「魔女から掛かってきた電話の番号です。覚えていませんか？」

僕は魔女の電話番号を、すぐにアドレス帳に保存した。明確な使い道を想定していたわけではないけれど、履歴を消してしまうよりも、ずっと自然な行動だと思う。

「番号？」

秋山さんは疑わしげな表情で、僕の顔を覗き込む。

「君は魔女の電話番号を知っているのか？」

「だって、電話があったでしょう？」

「非通知だったよ。君とオレじゃ、扱いが違うようだな」

電話をかけてみたのか？　と秋山さんは言った。

僕は頷く。もちろん、何度か試してみた。

「出ませんでしたよ。でも呼び出し音はきちんと鳴るから、まだ使われている番号なのは間違いありません」

「なるほど」

　秋山さんは頷く。

「その番号を、今ここで言える？」

「はい。アドレス帳を確認すれば」

「わかった。君を信用するよ」

　みんな嘘だとしたら、ずいぶん用意周到だ、と秋山さんは言った。

　僕は首を傾げて、彼の横顔をみつめる。

「秋山さんはどうですか？」

「どうって？」

「魔女と話したことを、証明する方法はありますか？」

「とくに思いつかない。でも、たとえば状況証拠みたいなものなら提示できるかもしれない」

「たとえば？」

「オレはその電話番号を、知りたいとは思わない」

「どうして？」

　それは不思議な話だった。

彼が真実を話しているにせよ、嘘をついているにせよ。今もまだ魔女の情報を探しているのなら、どちらであれ彼女の番号は欲しがるはずだ。

「君は勘違いしているみたいだね」

秋山さんは、なんだか照れくさそうに笑って、頭を掻いた。

「オレは魔女を捜しているわけじゃないんだ。オレと同じように、自分の一部を引き抜かれた誰かと会って話しをしたかっただけなんだ。ほら、こんな話題で盛り上がれる相手は、そうそういないだろ？」

呆気にとられていた。

想像もしていなかったけれど、たしかに、そういうこともあるのかもしれない。珍しい体験をしたなら、その思い出を共有できる誰かを探すこともあるかもしれない。でも僕にはまったく共感できない理由だ。

秋山さんは困ったように顔をしかめる。

「そんな顔するなよ。誰かに訊いてみたかったんだ。自分の一部分を引き抜いたことを、後悔していないかってね」

僕は缶コーヒーに口をつけて、頭の中で彼の言葉を反復する。

後悔。

それも、考えなかったことのひとつだ。

本音を言えば、僕の考え方は、きっと安達に近いのだろう。

——私、本当の自分みたいな言い回しって、嫌いなの。

と彼女は言った。じゃあ一体、どこに偽物の自分がいるっていうんだろ。

僕もそう違わない。僕は自分らしさなんてものに、そもそも興味がない。都合よく自分を変えられるなら、ただただ便利で、後悔なんて思考にはならない。

秋山さんは、自分の一部を捨てたことを後悔しているのだろうか。後悔するくらい自分が自分であることを、大切に思っているのだろうか。

彼は薄い笑みを浮かべて、とくに悲しそうでもない口調で言う。

「オレは小学生のころ、どうしてもトマトが食べられなかった」

「トマト」

「ナスの仲間なんだよ。知ってた？」

「いえ。あまり似ていませんね」

「オレもそう思う。ともかくオレは昔、たまらなくトマトが苦手だった。でも今は問題なく食べられる。それは別に、魔法を使ったからじゃないよ。魔女に頼んで、トマトが嫌いな自分を引き抜いてもらったわけじゃない。魔法なんかなくても人は変わる」

僕は頷く。

「その通りだと思います」

「なら、引き算の魔女のことを、あれこれ思い悩む必要なんてないのかもしれない。魔法でトマトを好きになるのも、とても美味しいトマト料理を食べて好きになるのも、同じことなのかもしれない。でも、どうしてだろうね。オレは最近、魔女のことばかり考えている」

今度は、首を振る。

「自分で変わるのと、魔女に引かれるのは、やっぱり別物なんだと思います」

「そうかもね。でも、どう違うんだろう？」

「言葉の意味をそのまま受け取るなら、変わっても総量は変化しませんが、引かれると確かに減るはずです。トマトが嫌いな自分が引かれても、トマトが好きな自分が生まれるわけではないはずです。引かれ続けると、そのうち空っぽになるのかもしれません」

「魔女に引かれて、オレはなにか減ったのかな」

「どうでしょうね。考え方次第なんだと思います。秋山さんが減ったと思っているなら、減ったんでしょう」

僕はまた缶コーヒーに口をつけて、続きを考える。

意外なことだけれど、今だけは彼の質問に本心で答えようという気になっていた。思いのほか僕にとっても興味深い話題だったのかもしれない。

「あるいは、こういう風に考えることもできます。魔法であれ、もっと現実的な理由であれ、自分が変わることに後悔はついて回るんだ、と。きっと秋山さんは、とても重要な秋山さんの一部を魔女に引き抜いてもらったんですよね？」

「重要だね。肯定的な意味か、否定的な意味かは別にして」

「わざわざ魔女なんて非現実的なものを探すくらいに重要だった」

「うん。そういうことになる」

「魔法なんて関係なく、自分の重要なポイントが変化したなら、それは後悔に繋がるのかもしれません。たとえばずっと抱えていた夢を捨てたなら、それで新しい幸せを手に入れたとしても、たまに後悔するのは自然だと思います」

「なるほど」

秋山さんは頷く。

「どちらもあるのかもしれない。オレは自分の変化に自然な後悔を覚えているし、変わったんじゃなくて引き抜かれたことで、足りない部分が生まれているのかもしれない。そう考えるとたしかにしっくりくるよ」

「いったい、なにが足りないんでしょうね？」

「簡単にまとめてしまうと、きっと理由なんだろうね」

理由、と僕は反復する。

秋山さんは続けた。

「オレが変わるには、なんらかの理由が必要だったはずなんだ。もし夢を捨てたなら、彼女を幸せにしたいとか、両親が病気になったとかね。でも魔女は引き抜いていくだけで、オレに理由はくれなかった」

「そうでしょうか？」

僕は首を傾げる。

「少なくとも、秋山さんが魔女を捜し始めた理由はあるはずです」

実際に引き抜いていくのは魔女だとしても、まず秋山さんの一部を捨てたいと思ったのは、秋山さん自身のはずだ。

「確かにそうだ。ならオレは、魔女に八つ当たりしているだけなのかもしれないな」

八つ当たり。その言葉には説得力があった。インスタントに頷ける表現で、わかりやすくて。あまりにわかりやすいから、秋山さんの本心ではないのだろうという気がした。まったくの嘘ではなかったとしても、深くにある本質までは届いていない言葉のように感じた。

彼はオレンジジュースを口の中に流し込む。それから立ち上がり、空になった缶を自動販売機の隣のごみ箱に捨てる。

「オレは変わりたかった。でも、変わりたくなかった。どちらも本心だ。魔女は理由をくれなかったけれど、代わりに言い訳はくれたのかもしれないね。あのとき魔女から電話がかかってこなければ、と、つい考えてしまう」

彼はまた、僕の隣に腰を下ろす。

僕はまだ半分ほど残っている缶コーヒーを傾ける。それから、ずいぶん迷ったけれど、結局あの質問を口にする。

「秋山さんは、なにを捨てたんですか？」

彼はそのことについて、話したがっているような気がしたのだ。

不思議なことだ。まるで逆さにするとまったく別物にみえるイラストみたいだ。魔女に会いたいという誰かに同じ質問をしたなら、それは嫌いな自分について尋ねていることになる。でも今の質問は、かつて好きだった自分について尋ねたつもりだった。

「オレはとても臆病だったんだよ」

と彼は言う。

「自分のことを知られるのが、なんだか怖くてね。とても怖くて、それで、嘘ばかりついていたんだ。今だってもちろん嘘はつく。でもどちらかというと、本当のことをよく話すようになった。あの大きな恐怖も、もうみあたらない」

「その変化の、どこを後悔するっていうんですか？」

「以前のオレが抱えていた恐怖は正しいものだったんじゃないかって気がするんだよ。こんな風に、ぺらぺらと自分のことを話して平気なのが、途方もなくおかしいことなんじゃないかって気がするんだ。それに嘘ばかりついていたあのころの方が、ずっとたくさん、本当のことも喋れていたのかもしれない」

彼はうつむいて、投げ捨てるように言った。

「最近じゃあどれだけ本当のことを並べても、ちっとも本心で喋っている気がしないんだよ。なんだか薄っぺらでね。もしかしたらオレは、正直者でいたくて嘘をついていたのかもしれない」

まるで矛盾そのままみたいな彼の言葉は、でも僕には自然に聞こえた。夕暮れの川辺の口笛みたいになんの違和感もなかった。

僕は頷く。

「わかります」

普段はまず口にしない言葉だ。人の心情について、わかるなんて簡単な言葉を使いたくないんだ。でも彼がひどく傷ついているようだったから、頷かないわけにもいかなかった。

「僕もきっと、本当のことを言うときほど、嘘をつくのだと思います」

秋山さんは笑う。

弱々しい笑みだったが、それは強がりというよりは、こちらを労わるようにみえた。

「なら君は、オレによく似ているのかもしれないね」

僕は頷く。

「ええ。そうかもしれませんね」

でも本当は、僕とこの人はまったく違っているのだろう。

彼が嘘を捨てたせいで本心さえ摩耗してしまったというのなら、僕は本心を護るために、その本心を捨てたのだ。

＊

やがて、図書館から安達が現れた。

僕たちは秋山さんに魔女のことを尋ねたけれど、めぼしい情報は得られなかった。

当時の彼は魔女を捜してインターネット上の記述を読みあさり、同時にそういった噂に詳しそうな知人から話を聞いた。でも具体的な手がかりをみつけるよりも先に、魔女から電話がかかってきた。魔女は捨てたいものについて尋ね、秋山さんはそれを答えた。つまり秋山さんの方が、魔女から発見された形だ。こちらから魔女をみつけ出す方法はわからない。

とはいえ秋山さんに会ったことは、まったくの無駄ではなかった。僕と彼には相違点があった。例えば魔女が、僕には電話番号を伝え、彼には伝えなかったことにはなんらかの意味があるのかもしれない。

安達には、電話番号のことは話していない。魔女から電話があったこと自体、秘密にしているのだから当然だ。

僕は魔女と話したことを、彼女に隠したいわけではなかった。でもそのことを教えてしまうと、色々と厄介なことになる。僕がすでに自分の一部を捨ててしまっているのだとわかれば、それでもまだ魔女を捜し続けている理由が気になるだろう。でも真辺由宇《まなべゆう》のことを安達に話すつもりはない。誰にだって、真辺のことは話したくない。

帰りのバスの中で、安達が投げやりに呟く。

「結局、空振りだったね」

多少の罪悪感を抱えながら、僕は頷く。

彼女は窓の外に視線を向けて、首を傾げた。

「あの人は前に捨てたものを、また拾い上げたがってるのかな？」

「どうかな。僕にはわからないけれど」

「そんなことが、可能だと思う？」

「それも、わからないよ」

でも、可能なのかもしれない。魔女は僕にこう尋ねたのだ。

――貴方は捨てたいんですか？　それとも、拾いたいんですか？

もし秋山さんが魔女に向かって「拾いたい」と言ったなら、彼はかつて捨てたものを、取り戻せるのかもしれない。

「ねぇ。私たちが魔女をみつけたらさ、秋山さんにも教えてあげようか？」

「どうかな。余計なお節介って気もするけど」

かつて捨てた自分を取り戻したなら、それはそれで、後悔することもあるだろう。後悔のない選択なんて、僕には上手く想像できない。秋山さんは今みたいに、少しだけ昔の自分に憧れながら、ほんの少しだけ魔女に八つ当たりしながら、それでも普通に生きていくのが最良なのかもしれない。嘘ではない言葉で、本心ではない自分を語りながら。それはひどくありきたりな生き方のように、僕には思えた。

バスに揺られながら、安達は笑う。

「あんまり乗り気じゃなさそうだね」

「まぁね。こういう話は、口を挟むたびに後悔しそうだよ」

「でも、きっとあの人は、もう一度選び直した方がいいんだよ。いかにも怪しいホームページにメールを送ってくるくらいに悩んでるんだからさ」

「君が作ったページでしょ」

「うん。作者が言うんだから間違いない」

「なるほど」

確かに魔女がみつかるようなことがあれば、秋山さんに一言、伝言してもいいのかもしれない。僕は彼の連絡先を知らないけれど、安達ならわかるはずだ。

「君の方は、ずいぶん秋山さんのことに、首を突っ込みたがるじゃないか」

これまでの印象とは少し違う。彼女はもっとドライなのではないかと思っていた。秋山さんはただの情報源のひとつだと捉えていて、無価値だとわかるとすぐに切り捨てるような印象だった。

「そりゃね」

安達は、感傷的な顔つきで窓の外を眺めている。

「私は魔女を否定したくはないから。魔女に会って、そのことを後悔してるなんて人をみつけたら、なんとかしたくなっちゃうよ」

なるほど、と僕はもう一度、今度は胸の中でつぶやいた。

2

どうやら魔女に会う、具体的な方法なんてものは存在しないみたいだ。

魔女の方から一方的に連絡があるのを、待っているほかにない。反対に「こうすれば魔女に会える」といった話は、だいたいが嘘だと考えていい。

という風なことを、僕は真辺にメールで伝えた。

——充分に注意してね。君は人を信じやすいところがあるから。

このメールを打てたのが、秋山さんに会った最大の利点だと言っていい。

それきり、魔女の捜索は進展しないまま、時間だけが過ぎていった。僕は何度か魔女に電話をしてみたけれど、やっぱり通話が繋がることはなかった。日常は滞りなく進行して、気がつけば一週間後に体育祭と文化祭が迫っていた。

「七草くん、ちょっといいかな？」

そう声をかけられたとき、僕は教室の床に座り込んで、段ボールを貼り合わせていた。クラスの出し物がピンホール型のプラネタリウムに決まって、それを上映するためのドームを作っていたのだ。

ガムテープを貼る手を止めて顔を上げると、見覚えのある女の子がたっていた。小学校から高校まで同じ学校に通っている、数少ない生徒のひとりだ。でも最後に同じクラスになったのは、小学校の四年生か五年生で、特別に親しいというわけでもない。苗字は吉野《よしの》で間違いないけれど、下の名前は少し自信がない。それよりも小学生のころのあだ名が印象に残っていた。

「なに？」

「真辺さんとは、まだ仲良いのかな？」

なるほど。彼女に関することなら、吉野が僕に声をかけたのも納得できる。きっと世界でいちばん、真辺が起こした問題の仲裁に入ったのは僕だ。賞状の一枚さえもらえない記録ではあるけれど、多少は誇らしい。

「真辺が、どうかしたの？」

「同じクラスになったんだ。びっくりした」

「僕もこの高校に真辺が通うって知ったときは、びっくりしたよ」

それで？　と僕は先を促す。

吉野は眉間に皺を寄せて、困ったように笑う。

「たいしたことじゃないんだけど」

彼女はゆっくりと言葉を選びながら、だいたい次のような話をした。

今は学校全体が文化祭の準備に夢中で、もちろん真辺が所属している二組も例外ではない。二組はお化け屋敷を予定しており、大がかりな仕掛けもいくつか考えているが、少し力を入れ過ぎたのか準備は遅れがちだ。そのためクラスの生徒は下校時間まで働き通しらしい。

でも真辺由宇はそうではない。毎日というわけではないけれど、でも頻繁に、用があると言って帰ってしまう。

「理由を訊いても教えてくれないんだよ。それでちょっと、もめ事になりつつあるみたい」

真辺がよく起こす問題のパターンのひとつだ。彼女は集団行動に上手く馴染めない。きっと作業を休みがちだということだけが問題ではなくて、いくつものささやかなストレスが、出口をみつけたのだろう。だいたい人間関係なんて、金属疲労と同じように、継続的に負荷がかかることで壊れるものだ。

「別に、真辺さんを責めたいわけじゃないんだけど」

吉野は顔をしかめて、微笑む。心優しい母猫が、いたずらばかりの子猫たちを見守っているような、なかなか魅力的な表情だった。

「部活動の出し物がたいへんで、クラスの方はあんまり手伝えない子もいるし。理由さえわかれば、ずいぶん不満も減ると思うんだよ。なにか聞いてないかな？」

僕は考える。

もちろん、真辺が作業を休む理由なんか知らない。でも適当な理由をでっちあげて、あとで口裏を合わせた方が効率的ではないかという気もした。一方で、慌てて話を進めるより、時間をかけて最適な言い訳を考えた方が後々の問題は少ないだろうとも思った。そもそも事情を知ってみれば、本当の話だけで上手く言い訳できるかもしれない。

結局、僕は首を振る。

「いや。聞いてないな」

「そっか」

「近々、話をしてみるよ。だいたい真辺は、馬鹿みたいに真面目だからね。なんの理由もなく仕事を休むことはない」

「うん、知ってる。でも話してくれないと、不満に思う気持ちもわかるよ」

「まったくだね。彼女はなにを考えているのかよくわからないところがあるんだ。昔からコミュニケーションが苦手なんだよ。身勝手で、そのことを自覚していない。常識もない」

真辺の悪口を言うのには慣れている。

僕ひとりが肩を持っても不満が溜まるばかりだから、できるだけ彼女の問題点を指摘しておくことにしている。もちろんそれで彼女を取り巻く状況が好転することはないけれど、さらに悪化するのは避けたい。

「なにかわかったら連絡するよ」

と告げて、僕は話を打ち切るつもりだった。

でも吉野は首を振る。

「私が話してみる。昔から、真辺さんとは友達になりたかったんだよ」

それは奇特なことだ。真辺由宇の性質を知っていて、それでも近づきたいというクラスメイトはなかなかいない。

純粋な好奇心で、「どうして？」と尋ねる。

吉野は笑う。

「ほら、真辺さんがうちの窓を割ったことがあったでしょ。小学生のころ」

僕は頷く。そのことはよく覚えている。

吉野が夏休みの自由工作で作った貯金箱を、クラスの男の子が壊してしまって。その少年がひどいことを言ったから、吉野は走り去ったのだ。たぶん泣きながら。それをみていた真辺は、一言謝らせるためだけに、男の子をつれて彼女の家まで押しかけた。でもチャイムを鳴らしても、吉野は家から出てこなかった。そこで真辺は窓ガラスを割って、家の中まで侵入した。

僕は苦笑する。今考えても明らかに無茶苦茶で、自然に笑っていた。

「大変だったでしょ」

「大変っていうか、驚いたな。わけわかんなかった」

「もし僕が君の立場なら、真辺を嫌いになると思うけどね。余計なことをしやがって、っていうのが、正直な感想だよ」

「ん。実は私も、しばらくはそう思ってたんだけど」

吉野は少しだけいじわるそうにみえる笑みを浮かべる。

「思い出すと、土屋くんのしゅんとした顔が面白くて、つい笑っちゃうんだよね。あのまま部屋にこもってたら、たぶん波風立てずにやり過ごせたんだと思う。ありきたりな、ちょっと嫌な思い出になってたはずだよ。でも、ほら、真辺さんのおかげで、今は笑って話せるエピソードになった」

僕は肩をすくめてみせる。

「あれを笑い話にできるのは、君が良い人だからだよ」

悪く取ろうと思えば、いくらでも悪く取れるエピソードだ。

吉野は首を傾げる。

「どうかな。真辺さんは、みんなわかってたんじゃないかな。普通の人なら目の前の問題で足を止めるところでさ、もっと俯瞰して、五年後にその出来事がどうみえるのか、みたいなことまで知ってるんじゃないかな」

「さすがに買いかぶりすぎだよ。彼女は表情が硬いからよく誤解されるけど、それほど冷静じゃないんだ」

「私も真辺さんが、しっかりそう考えてたんだとは思わないよ。でももっと動物的な直観で、感情の価値みたいなものを知ってるっていうか。ほら、冷静に判断したつもりでも、あとでもやもやすることってない？　私はよくあるんだけど」

「もちろんある。僕もよくある」

「でしょ？　そんな時に真辺さんが割った窓を思い出すと、なんかちょっと笑える」

そうかもしれない、と僕は頷く。

「でも僕なら、窓ガラスは割らない」

「うん。私も」

彼女は楽しげに笑う。

「真辺さんになりたいわけじゃないけど、友達になってみたい。真辺さんが窓を割ったら、となりで謝る役をやりたい」

僕は大げさに顔をしかめてみせる。

「何度か経験があるけど、そんなに楽しいものじゃないよ」

「そうかな。謝るのはけっこう得意だよ?」

「素晴らしい特技だね。平和的だし、きっと将来、就職にも有利だ」

いえい、と言って、彼女はピースサインを僕に向けた。

いえい、と応えて、僕もピースサインを彼女に向けた。


この会話のいちばんの印象は、やっぱり「吉野は良い人だ」ということだった。だれもが吉野のようなら、きっと真辺も生きやすいのだろうけれど、でも現実として彼女はクラスの問題になりつつある。

真辺が文化祭の準備を手伝わないというのは、かなり厄介だ。

多少クラスメイトに嫌われるくらいであれば、放っておけばいい。そんなことが問題ではない。本来であれば真辺由宇にとって、クラスで割り当てられる作業の優先順位というのは相当高いはずなのだ。気が乗らないとか、友達と遊びたいとか、多少体調が悪いとか。そのくらいの理由で休むはずがない。

とはいえ僕が知っているのは、二年前までの真辺だ。二年間で大きく彼女の考え方が変わってしまった可能性だってあるし、それなら別にかまわない。

問題なのは真辺由宇が、二年前と同じ価値観のままで、クラスの作業よりも優先すべき何かを抱えていた場合だ。いったいどんな理由があれば、彼女はクラスの作業を休むだろう？　その理由を周囲には秘密にしたままで。

考えてもわかることじゃない。

推測できる手がかりは、どうにかひとつだけだった。

真辺が魔女を捜している理由を尋ねたときも、彼女は言った。

――秘密だよ。

彼女が文化祭の手伝いを休む理由と、魔女を捜す理由は、繋がっているのだろうか。

なんにせよ真辺由宇の秘密なんてものが、平穏なはずがないんだ。

3

話したいことがあるんだ。いつなら会える？

——急いでるの？

それなりに。できれば早い方がいい。

——なら今夜の、八時くらいなら大丈夫だよ。

わかった。あの公園でいいかな？

——うん。もし遅れそうなら連絡する。


こんなやり取りで、僕は真辺由宇を呼び出した。

そして午後八時になる少し前に、公園に向かった。夜の空気を吸い込むと、思いのほか冷たくて、冬が近づきつつあるのに気づいた。つい昨日まで夏だったような気がするのに。時計は意外に速く進む。たまに置いていかれそうになる。

真辺はすでに公園にいた。背筋を伸ばしてベンチに座っていた。外灯の丸い光が、夜の一角を切り取って、彼女の制服がどうにかそれにひっかかっていた。

彼女はこちらの姿をみつけて、ベンチから立ち上がる。

「なにかあったの？」

僕は答えずに、真辺に歩み寄る。それから、首を傾げる。

「寒くない？」

「そういえば、ちょっと寒いかな」

「夜まで制服のままだと、風邪をひいちゃうよ。気をつけた方がいい」

「わかった。ありがとう」

僕はベンチに腰を下ろす。

真辺も隣に座り、「それで？」と先を促した。

「君のクラスに、吉野って子がいるでしょ。小学校から同じだった。覚えてる？」

「もちろん」

「彼女と少し話をした。君の話だよ」

「そう」

「文化祭の準備を休んで、なにをしているの？」

真辺は口を閉ざす。

真剣な表情で、じっと僕をみる。

彼女はこういう風に考え込むのだ。少しは目をそらせばいいのに。困った風な顔つきになればいいのに。彼女の瞳はやっぱりまっすぐで、だから睨みつけているようにみえてしまう。

僕は、本当なら、彼女から目を逸らしたかった。空を見上げて月でも探していたかった。でも今は僕の方も、まっすぐに彼女の瞳をみつめていた。前の通りを一台の自動車が走り抜けていき、聞こえた音といえばそのエンジン音くらいだった。

やがて真辺が口を開く。

「私は、できるなら答えたくない。でも、どうしても話した方がいいって七草が言うなら、できるだけ話せるようにしてみる」

なかなか複雑な返答だ。

「つまり誰かに許可を取らないと、事情を説明できないってこと？」

「それもある」

僕は「それもある」と繰り返す。それもあるし、別の理由もある。

真辺は頷いた。

「秘密にするって約束したから、私が勝手に喋ってしまうわけにはいかない。それに私自身の意思でも、できれば答えたくない。わかる？」

「わかるよ。それでも僕が話すべきだと言ったら、君はできるだけ話せるように努力してくれる」

「うん。その通り」

今度は、僕の方が黙り込むことになった。

正体のわからない誰かとの約束なんてものは、僕にとってはどうでもいいことだけど、真辺自身も秘密にしたいというのなら、それを無理に聞き出すつもりはない。できるなら真辺の意思を尊重したい。

――いや。本当は尋ねたいんだ。

本心では不作法に、彼女の秘密にずかずかと踏み込んでいきたいんだ。それが僕の素直な感情で、なのに一方で、理性は彼女の意志を尊重しろと言う。そして僕は、迷いもせずに理性の方を選ぼうとする。感情よりも理性を取るべきだと訴えかけるのは、理性だろうか？　感情だろうか？　僕はとても感情的に、理性に従おうとしているのかもしれない。

結局、僕に窓ガラスは割れない。

いえい。ピース。

僕は首を振る。

「君が言いたくないのなら、どうしてもとは言わない」

「そう」

「でも、できるならその相手に、秘密を喋る許可だけは取っておいて欲しい」

「つまり、いざという時に備えて、ということ？」

「うん。その通り」

　僕は頷いたけれど、内心ではまったく別のことを考えていた。だれにも伝えられない秘密というのは、ちょっと危うい感じがする。相手がどうしても秘密だと言うのなら、警戒した方がいいかもしれない。

「君がそうしたいと思うまで、本当に話す必要はないよ。でも許可を取れたのか、取れなかったのかだけは、できれば僕に教えて欲しい」

　真辺由宇は頷くと思っていた。

　彼女の価値観でも、理論でも、ルールでも。呼び方はなんでもいいけれど、真辺由宇が抵抗を感じる部分は上手に避けて提案したつもりだった。

　けれど、彼女は首を振る。

「しばらく考えさせて」

　わけがわからなくて、僕は眉間に皺を寄せる。

「一体、なにを考えるの？」

「きみには言えない。本当は、ずっと考えているんだけど、でも答えが出なくて。なにを選んでも矛盾しているような、複雑な問題があって、そのせいで七草に上手く喋れないでいる。ねえ、七草なら私がなにを言っているか、わかる？」

「わからないよ」

真辺由宇が正しくみえることも、間違ってみえることも何度だってあったけれど、かつてこれほどわけがわからなかったことはない。

「わからないけど、悩んでいるなら相談に乗るよ。これでも、少なくとも君よりは複雑なことを考えてきた自信がある」

ありがとう、と真辺は頷いた。

「でも、きみには相談できない」

「僕にはできない」

「世界中のだれにも相談するつもりはないけれど、七草だけにはできない」

「その理由も、たぶん秘密なんだろうね」

「うん」

僕はため息をついた。

それから首を振って、尋ねた。

「君は自分の一部を捨てるために、魔女を捜しているの？」

「どうかな」

真辺は僕から視線をそらした。

正面を向いて、それから、きっと珍しく空を見上げた。

「うん。そうなのかな。そうなんだろうと思う」

記憶の中の彼女はいつも前ばかりみている。視線を落とすことはないけれど、同じように、見上げることもない。

空を見上げた彼女が、思い出から少しだけずれて、それで、なんだか気持ちが悪かった。

＊

真辺とは公園を出たところで別れた。

彼女がクラスであまり嫌われすぎないように、なにか具体的な対策を用意するつもりだったけれど、そのことを思い出したのは手を振りあったあとだった。まあいい。今後、フォローする方法もあるだろう。文化祭の準備が問題の中心になっているのなら、そちらがひと通り終わってから動いた方が波風を立てずに済むかもしれない。

そんなことを考えながら、五分に満たない帰り道を歩いた。

途中、なにかに躓いて転び、ついた手のひらから少し血が出た。僕はそのことにずいぶん驚いて、混乱した。なんでもない、舗装されたアスファルトを歩いていて、どうして転ぶ必要があるのだろう？　立ち上がって足元を確認しても、目立った凹凸さえみつからない。わけがわからなかった。

膝についていた砂埃を乱暴に払い、ため息をつく。

それから仕方なく認める。

真辺由宇には僕なりの愛情を注いでいるつもりだったし、多少なりとも彼女の信頼を勝ち得ている自信もあった。

――七草にだけは相談できない。

と、彼女は言った。

それは思わぬ方向からの衝撃だったし、その衝撃は、僕が自覚している以上に僕の感情を揺さぶっているようだ。

――なるほど。僕はこういう風にショックを受けるんだな。

と他人事のように内心でぼやいて、でもそれくらいでは僕の混乱は他人事にならなくて、上手く思考ができないでいた。

4

一〇月の中旬には体育祭と文化祭があり、月末には中間テストがある。自動的に流れてくるそれらをひとつずつ乗り越えると、月の終わりが目の前に迫っていた。

そして二九日の夜に、また階段の夢をみた。

気がつくと僕は深い闇にぽつりぽつりと外灯が並ぶ山の中の、無菌室みたいに静かな階段に立っていた。

ため息をついて、僕は階段を上り始めた。もうひとりの自分なんてものには、できれば会いたくなかったのだ。それに前回は下ったから今回は上るというのが自然なような気がした。

階段の上りと下りに、大きな違いがあったわけではない。やはり夜は暗く、階段は静かだ。でも下りでは高さも幅もぴったりと同じサイズで揃えられていた段が、上りではずいぶんちぐはぐになっていた。低くて幅の広い段があり、高くて幅の狭い段がある。階段そのものが傾いている段があり、五メートルほど坂道が続くこともある。無個性な階段よりは、歩いていて楽しいといえなくもない。でも重たい疲労が足に蓄積し始めると、僕はなにをしているんだろうという気にもなった。どうして夢の中でまで疲れないといけないんだ？

時計もないから正確なところはわからないけれど、ずいぶん階段を上ったように思う。三〇分ほどは歩き続けたのではないか。

辺りがふっと明るくなったような気がして、僕は足元に落ちていた視線を上げた。

階段に、ひとりの少女が立っている。

彼女の背後の空は、先ほどまでとはまったく違っている。天頂近くに煌々と輝く月があり、周囲の細かな雲の影を浮かび上がらせている。月からはいくらか距離を置いて散らばった星々が、夜空を刺すように光を放つ。なんて明るい空だろう。天体に照らされた夜は、波を失くした海みたいに澄んだ群青色にみえた。

少女は睨むような目つきで、こちらを見下ろしている。

知らない制服を着た少女だった。

平均よりは背が高く、肌は月光に似て白い。左目の下に小さな泣きぼくろがあり、それでなんだか傷ついているようにみえる。白い肌と真っ黒な髪のコントラストは、真辺由宇によく似ている。でも全体的な印象はまったく違っている。真辺由宇は鋭利に研ぎ澄まされた刃物のようで、折れはしないかと心配になる。この少女は雪の結晶のように、いずれ溶けてなくなるのだろうと悲しくなる。頭の中で並べてみて、僕は苦笑した。やっぱりそのふたつに、大した違いはないかもしれない。

僕は少女に声をかける。

「どこかで、会ったことがあるかな？」

彼女の切実な表情を、みたことがあるような気がしたのだ。でもどこでみたのか、はっきりとは思い出せない。

少女はなにも答えなかった。

僕はさらに階段を上って、彼女まであと三段というところまで近づいた。

「ここは一体、どこなんだろう？　夢に意味があるなんて思ってるわけじゃないけれど、でもなんだか、この階段は特別な場所じゃないかって気がするんだ」

少女は長いあいだ、弱々しい、切実な瞳でこちらをみていた。

やがて首を傾げて、彼女は言った。

「拾いに、来たんですか？」

その声は一般的に、可愛いといわれる種類のものではなかった。やや低くて、どこかざらついた、無理やりに押し出したような声だ。でもなぜだろう、僕は彼女の声に愛着を覚える。捨てられて雨にうたれている子犬のような声だ。

「拾う？」

と、僕は尋ね返す。

彼女は僕の後方の低い場所を指さす。

振り返ると、地上の街並みがみえた。山のふもとに小さな集落があり、そこから田園だろうか、暗くてよくわからないけれど、家屋の少ない地帯がある。その先の海岸に、もう少しだけ大きな集落がある。

海岸には灯台が建っている。灯台はぼやけた光を海に向かって放っている。少女が指さしているのは、その灯台ではないかという気がした。

僕は少女に視線を戻す。

「灯台で、なにか拾えるの？」

少女は答えない。なんだか泣き出しそうな瞳で、僕をみつめているだけだ。

これが僕の夢なら――間違いなく僕の夢なのだろうけれど、なら「拾う」という言葉は、特別な意味を持つような気がした。

「魔女に言われたんだよ。貴方は捨てたいんですか？　それとも、拾いたいんですか？　あの質問に、関係しているのかな？」

少女は頷く。その単純な動作ひとつにも細心の注意を払っているように、ゆっくりと。

それから言った。

「貴方には、捨てたものを拾う権利があります」

僕が捨てたもの。

もういらないと思って切り離した、僕の一部分。

なるほど、と息を吐き出す。まったくそんなつもりはなかったけれど、魔女に人格の一部分を引き抜いてもらったことを、心理の深いところでは後悔しているのだろうか。僕も秋山さんと同じように。だからこんな夢をみるのだろうか。それはなんだか、とても馬鹿げたことのような気がした。

「拾うつもりはないよ。あれは、捨てることが自然なものだった」

少女は先を促すように、首を傾げる。

僕は言葉を探しながら続ける。

「時間が経つたびに、状況は変化する。僕も同じ速度で歩き続けないといけない。そうすると靴底がすり減っていく。色々なものが年を取っていく。そうだよね？」

あの公園を思い出す。ペンキは剝げ、鉄は錆びる。現実にあるのなら、その運命からは逃れられない。

少女は頷いた。それから、ほんの小さな声で、「たぶん」とつけ足した。

僕も頷く。

「あれは、すり減って穴が空いた靴みたいなものだよ。もちろん愛着はある。でも、そのままじゃもう歩けない。だから捨ててしまうしかない」

時計と同じ速度で歩き続けるには、仕方のないことだった。

少女は傷つきやすそうな、切実な表情で僕をみつめていた。ほんの短い言葉を、途切れがちに口にした。

「貴方は、なにを捨てたんですか？」

「そうだね。なかなか、言葉にするのが難しいんだけど」

立ち止まって話をしていると、この階段は少し寒くて、僕は指先をこすり合わせる。

夢の中でもなんだか気恥ずかしくて、うつむいて、少しだけ真辺由宇の話をした。でも少女には、真辺由宇の話だとはわからなかっただろうと思う。それを彼女の話だとわかるのは、きっと世界中で、僕だけだろうと思う。

「僕が捨てたのは、すごく大雑把に言ってしまえば、ひとつの信仰なんだ」

明らかに大げさな言い回しだったけれど、でもほかの言葉が思いつかない。

僕の信仰。

「夜空に小さな星が浮かんでいる。それはずっと遠くにあるから、弱々しく輝いているようにみえる。でも僕は、その星が本当は、とても巨大なんだと知っている。太陽よりもずっとたくさんのエネルギーに満ちた、宇宙でもそうそう比肩するものがないくらいに明るい星だ」

少女は口をつぐんで、じっと僕の話を聞いている。僕が言葉につまると、励ますように、ほんのわずかに頷いてくれる。

「僕はその星の輝きを愛していたし、信仰していた。でもちょっとした事情があって、信仰の方を捨てることにした。事情を説明するのは、なかなか難しい。でも無理に言葉にするなら、信仰というのは、普遍のものにしか向けられないのだと思う。少なくとも僕はそうだった。信じる対象が変わってしまうことが僕には許せなくて、でも許せないことが問題なんだろうと思ったから、捨ててしまうことにした」

話しながら、僕は苦笑する。

夢の中でなんてことを言っているんだろう。名前も知らない少女を相手に。でも現実ではだれにも言えないことだし、どこかで言葉にしておきたいことでもあったのかもしれない。王様の秘密を知らなくても、深い穴には意味がある。

「信仰を捨てたら、愛だけが残った。でもそれは、愛ではないのかもしれない。もう少し違った呼び名がふさわしいのかもしれない。僕にはそれを、なんて呼べばいいのかわからないけれど」

この話の結論は、僕にとっても意外なものだった。

つい数秒前まで思いつきもしなかったことを、僕は口にした。

「信仰を失くした僕は、もしかしたら愛されたくなったのかもしれない」

夜空の向こうの遠く遠く、気高く研ぎ澄まされたあの星に、こちらをみて欲しくなったのかもしれない。そんな、途方もない幸福を夢想してしまったから、僕は自分を悲観主義者だと呼べなくなったのかもしれない。

この変化は、想像するだけで怖ろしいことで。僕にとっての世界の在り方がまったく変わってしまうようなことで。だから、夢の外には持ち出せない。

少女は頷いたけれど、やはりなにも答えはしなかった。

三話、遠いところの古い言葉

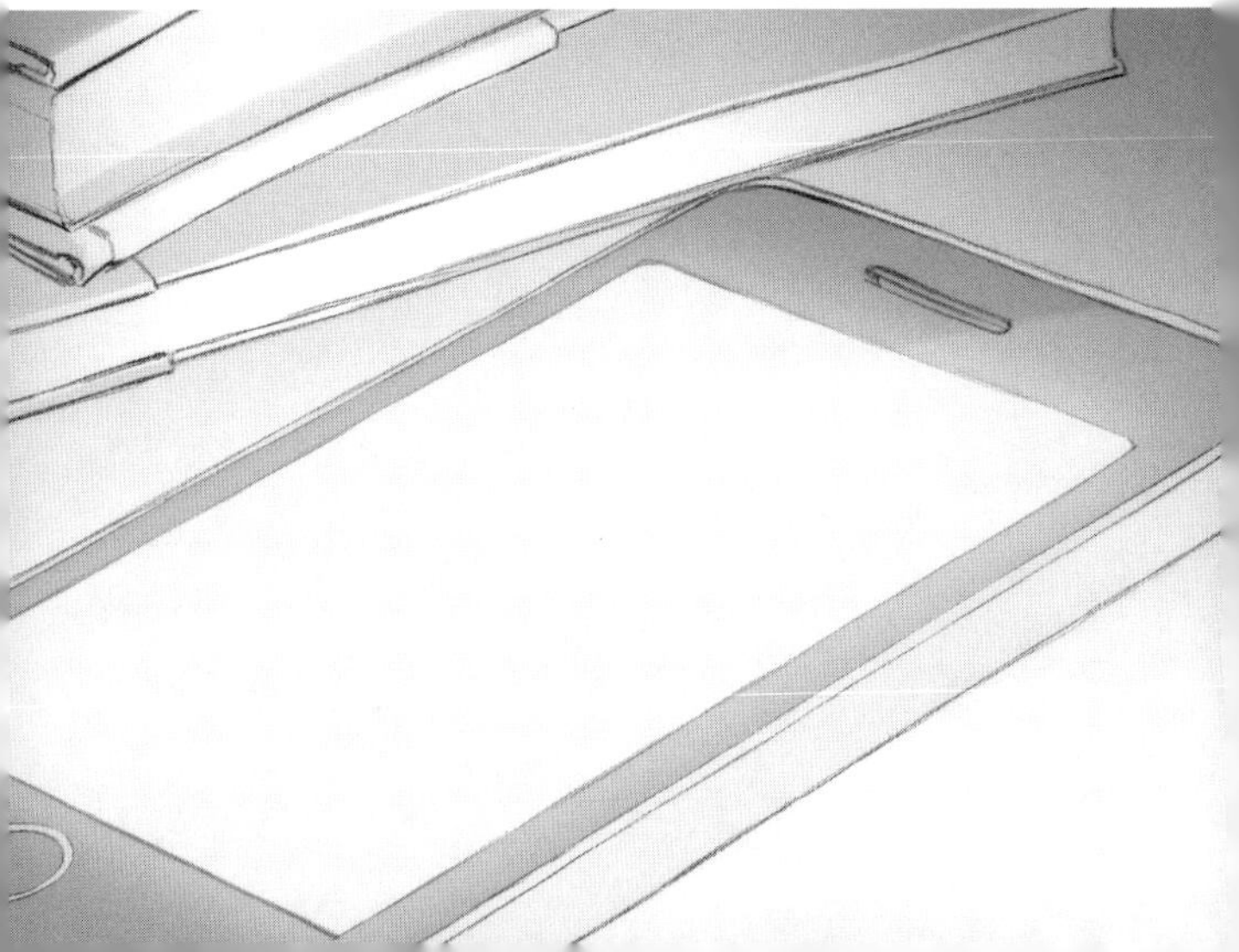

1

どうして僕はまだ、魔女の噂を追っているのだろう？

初め、それは義務感のようなものだった。

引き算の魔女というのは明らかに怪しくて、真辺由宇《まなべゆう》の安全を確保するために、先に調べてしまおうというだけの動機だった。でも程なく魔女から電話が掛かってきて、その噂が真実だと知った。

僕が本当に気になっていたのは、真辺が魔女を捜している動機だ。彼女が自分を捨てようとしているというのは、なかなか飲み込むのが難しいことだった。もっと言うなら、感情的に受け入れられないことだった。一方で、それを受け入れるべきなのだ、ということもわかっていた。彼女からのメールが届いた八月の夜も、僕は同じことを考えていたから、答えはあっけなくみつかった。

だから魔女から電話を受けた僕は、僕の一部を捨てた。言い回しを変えるなら、真辺由宇への感情の一部を、僕は捨てた。

あれから二か月ほど調査を進めて、漠然とわかったのは、魔女をみつけだすのは極めて難しいということ。それから少なくとも僕の目が届く範囲には、魔女について調べる上での危険はないようだということ。

だから僕は、魔女の調査を打ち切ってもよかった。

もっと現実的ないくつかの問題に、真剣に取り組んでもよかった。

それでも、一一月に入ってもなお、僕は魔女を追い続けていた。あるいは現実逃避のひとつなのかもしれない。あるいは。

僕はもう一度、魔女と話をしたかったのだろうか。

どうして。捨てた自分の一部を、また拾うために？

馬鹿げている。

＊

蝸牛考《かぎゅうこう》という本がある。

でも僕は、その本を読んだことがない。民俗学に興味があるならだれでも耳にするタイトルなのに、実際に読んだという人はまずみかけない。漠然と内容だけが知られている、そんな本だ。

内容はタイトルそのままに、蝸牛についての考察らしい。蝸牛というのはカタツムリのことで、地方によって様々な呼び名がある。京都をはじめとした近畿地方ではデンデンムシ、そこから少し離れた地域ではマイマイ、関東や四国までいくとカタツムリ――という風に。つまり蝸牛考とは、言葉の伝播に関する解説書なのだ。

かつて言葉は京都で生まれ、時間をかけて、同心円状に地方へと広がっていった。その特徴がよく出ているのは、京都からみて真逆にある東北と九州の両方で、ツブリという言葉が残っていることだ。

僕は蝸牛考のことを、小林《こばやし》という人に教えてもらった。

「古い言葉は、遠いところに残っているんだよ」

と彼は言った。

小林さんは僕の高校の三年生で、この夏まで歴史研究部の部長をしていた。でも歴史より民俗学に興味があり、蝸牛考も実際に手に取ったことがあるそうだ。僕は引き算の魔女について調べるために、小林さんに相談を持ちかけていた。都市伝説の類を扱う学問は民俗学だろう、と考えたのだ。

僕と小林さんは、北校舎の四階にある教室で顔を合わせた。普段は地学の授業に使われている教室で、放課後には歴史研究部の部室になる。なぜ地学の教室を歴史研究部が使っているのだろう。なんだかそのふたつには繋がりがないように思ったけれど、とはいえどの教室なら歴史研究部の部室として最適なのかといわれると首を捻ってしまうから、地学くらいが最適なのかもしれない。

「引き算の魔女について、僕も簡単に調べてみたよ」

と小林さんは言った。

彼は窓際のパイプ椅子のひとつに、背もたれをまたぐようにして、後ろ向きに座っていた。僕は彼の正面の席に腰を下ろしていた。

「どうでしたか？」

「なかなか興味深い。都市伝説のひとつとして考えると、ところどころ不自然で、違和感がある」

「どこに違和感があるんですか？」

「それにはまず、都市伝説そのものの説明が必要になる。わかるよね？　都市伝説を定義しなければ、イレギュラーな部分について指摘することもできない。スイカが野菜なのかフルーツなのかを議論するには、まず野菜とフルーツの定義づけが必要になるように」

「はい。よくわかります」

「さて都市伝説の定義だけれど、これがよくわからない。そもそも都市伝説という言葉が生まれたのはずいぶん最近なんだ。日本で使われるようになったのは一九九〇年代からかな。正確には八八年に翻訳された本が初出だといわれる。なんにせよしっかりと意味が煮詰まるだけの時間は経っていない」

なるほど、と僕は頷く。

「とりあえず都市伝説の歴史については、今は考えないでおきませんか？　その言葉が僕と小林さんのあいだで、どういった意味で使われるのかさえはっきりしていれば、それで話を進められるように思います」

「まったくだ。実際、言葉の意味なんてものは現実に即して定義づけの方を変えていくのが、学問としても一般的な考え方だからね。では今は、僕が都市伝説を定義してしまおう。端的に言って、都市伝説というのは、ある傾向を持つ噂話だ。わかるかい？」

「まるで現実のように語られるフィクション、ですか？」

「とても良いところをついている。部分点をあげていい。その傾向というのはね、現実の一部に寄りかかることでリアリティを担保している、ということだよ。たとえば君は、ディズニーランドの都市伝説を聞いたことがあるかい？」

「いくつかは」

「ディズニーランドは誰もが知っている現実だ。都市伝説というのは、そういった現実企業ならひとつくらい都市伝説のネタになっているものだ。だから人々が面白がって噂にする。大企業ならひとつくらい都市伝説のネタになっているものだ。あるいは実際に世間をにぎわせた事件なんかも題材になりやすい。反対に言えば、現実を含まない都市伝説にはリアリティがなく、口コミで広がらない。成立せずに消えてしまうんだ」

「そうでしょうか？」

僕は首を傾げる。

「よく聞く怖い話なんかは、最初から最後まで、現実の企業も事件も登場しないものが多いように思います」

「そもそもホラーと都市伝説は混同しちゃいけないよ。とはいえ結局、よく知られているホラーの類も、やはりどこかに現実を含んでいるものだ。もちろんやり口は様々だよ。社会問題から派生したものがあり、現実の地名を舞台として明言しているものがある。あるいは誰もが夜道に感じるちょっとした恐怖心を題材にしたものもある」

「夜道が出てくれば現実の一部だ、なんて言ってしまうと、なんでもありじゃないですか。カテゴライズとして機能していますか？」

小林さんは、楽しげに笑って頷いた。

「もちろん、機能している。引き算の魔女の特殊性を説明する上ではね。つまりホラーは説得力を持たせやすいんだよ。人はたいていい、同じようなことを怖いと感じる。恐怖心そのものがリアリティを担保するといえる。でも、引き算の魔女はホラーじゃない」

僕は口をつぐむ。

たしかに、その通りだ。あの噂に恐怖を感じる要素はない。

小林さんは続けた。

「もちろん現実の企業も、事件も反映されていない。つまり引き算の魔女には、リアリティが欠片もない。本来あの噂話は、都市伝説よりは、おまじないに近いもののように、僕には思えるね。消しゴムに好きな人のイニシャルを書いておけば両想いになれる、みたいなやつだよ」

「なるほど。たしかに少しややこしいですが、自分を変えるおまじないみたいなものかもしれませんね」

「でもね、おまじないとしてもおかしい。わかるかい？」

「手順が存在しないこと、ですか？」

「その通り。おまじないっていうのは実際にやってみようという気にさせるから意味があるんだよ。方法がはっきりしていなければ、誰かに伝えようとも思えない」

「つまり都市伝説としても、おまじないとしても、引き算の魔女の噂は不完全だ、ということですね」

「うん。たとえば新しい都市伝説を作って広めましょう、みたいな実験をするとして、僕ならあの噂は、即座にリテイクを出すね。広まるわけがない。こんなにも情報があふれる社会の中じゃ、すぐに埋没して消えるだけだ」

「でも引き算の魔女の噂は消えていません。たしかにそれほどメジャーではないけれど、今でもインターネットを検索すれば新しい情報がみつかります」

「そこがいちばん、興味深いポイントなんだ」

小林さんは大げさに、眉間に皺を寄せてみせた。

「もちろん理由は、いくつか考えられる。僕が気づかないだけで、引き算の魔女にはなんらかのリアリティが内包されているのかもしれない。リアリティなんてなくとも口伝に乗せたくなるような要素があるのかもしれない。それなりに大勢の人たちが、意図的に流行らせようと繰り返し書き込みを行っているのかもしれない。あるいは、あり得ないことだけど、噂が丸々真実なのかもしれない」

「あり得ませんか？」

と僕は尋ねた。

「あんな荒唐無稽な話が真実だと思うのかい？」

小林さんは顔をしかめた。タバコの煙を嫌がる犬のような表情だった。

僕は引き算の魔女の噂が真実だと知っている。でも魔女から電話をもらって、なんて話を真面目な顔ですべきではないという常識だって、もちろん持っている。僕の自慢といえば、いつだって常識人として振る舞えることくらいなのだ。

だから僕は話題を変える。

「嘘なら噂にならず、真実なら噂になる、というのもよくわかりませんね。聞く方にしてみれば、区別がつかないでしょう」

「どうだろうね」

小林さんは身を引いて、腕組みをしてみせた。

「僕は、そうは思えないんだよ。まったく同じ話であれ、真実か嘘かで噂の伝播というのは違ってくるような気がしているんだ。個人が真実を嗅ぎわける能力を持っているのか、僕にはわからない。でもより大きな社会になると、真実と嘘を見分ける力を持っているんじゃないかという気がするんだ」

どうやらそれは、小林さんにとっては極めて重要な考え方のようだった。そのせいでしばらくのあいだ、話題が大きく逸れることになった。小林さんは大学に入ったらぜひしてみたいという研究の概要を説明して、僕は熱心に相づちを打っていた。話として聞くだけなら、本当に興味深い内容だったのだ。小林さんは自身の将来の研究を、集団における情報の自浄作用、と呼んでいた。ある条件を満たした集団は嘘を自ら正し、満たしていない集団は嘘がより色濃く沈殿していく。誤った常識として定着する。これを数値化することで様々な集団の健全度を測れる、というのが、小林さんの考えのあらましだった。

その話で、僕がもっとも興味を持ったのは、嘘を自浄する集団を健全だと小林さんが言い切った点だった。それはきっととても自然な考え方で、僕だって同じように判断するけれど、一方であらゆる嘘を締め出す集団は本当に健全なのだろうか、という風なことをつい考えていた。そのあいだに太陽が高度を落とした。秋は夕暮れが早い。

「そういえば――」

余談がひと通り終わったころ、細長く息を吐き出して、小林さんは言った。

「もし魔女が実在するとすれば、彼女は僕たちとそう遠くないところで暮らしているのかもしれないよ」

「どうしてですか？」

「魔女の噂について最も発言が多いのが、横浜市のようだから。それに噂の発生源も、どうやら横浜市のようだから。ほら」

小林さんは身をひねり、テーブルにかけていた鞄からクリアファイルを取り出した。掲示板のページをプリントアウトしてきたようだ。

「僕が探し当てた中で、もっとも古い引き算の魔女に関する書き込みは、これだ」

テキストには日付がついていた。それは今からおよそ七年前になっていた。

こんな文面だ。

私は魔女です。

とはいえ空が飛べるわけでも、猫と話せるわけでもありません。

いいえ、正確には、ある場所では空を飛べ、猫とお話もできるのですが、普段はどちらもできません。

私につかえる魔法はふたつだけです。でもふたつとも、まだつかったことはありません。さらに一方は、とても効果がややこしいので、今は書かないでおこうと思います。すべて説明しようとすると、とても長くなってしまうのです。それに今のところ、そちらの魔法は重要ではありません。

重要なのはもう一方で、私は、人の気持ちを引き抜くことができます。

怒りっぽい気持ちとか、諦めやすい気持ちとか、そういうものです。

あなたの中に、嫌いな気持ちがあるのなら、私はそれを引き抜きます。痛くもないし気分も悪くならないはずです。試してみたことはありませんが、きっと。

もしも捨てたい気持ちを持っているなら、私に会いにきてください。

だれかが来てくれると、私はとても嬉しいです。

土曜日のお昼には、毎週待っています。

場所は、神奈川県横浜市の――

その先を読んで、僕は息を詰まらせた。

魔女を名乗るだれかが待ち合わせ場所に指定していたのは、よく知っている小学校の校庭だった。書き込みがあった七年前、僕はその小学校に通っていた。

すべて偶然なのだろうか？　もちろん偶然だと考えるのが、自然だ。なのに感情を上手く処理できなかった。なぜだかこのリンクには、意味があるような気がして仕方がなかった。

「ところで入部のことは決めてくれたかい？」

と小林さんが言う。

「来年の春までは考えさせてください」

と僕は応えて、どうにか笑う。

僕の小学校の校庭に、魔女がいたというのだろうか。

2

一一月一四日の土曜日に、僕は小学校を訪ねることにした。

そこに魔女がいると思ったわけじゃないけれど、やはり小林さんにみせてもらった、七年前の掲示板の書き込みは気になっていた。

小学校の正門はぴっちりと閉ざされていた。僕は敷地の周囲をぐるりと歩き、裏門からグラウンドに入った。グラウンドでは少年野球のクラブが練習をしていて、繰り返し、軟球が金属製のバットに当たる音が聞こえた。

七年前。僕はまだ、小学三年生だった。

正直なところ、そのころのことはほとんどなにも覚えていない。担任の先生や、よく遊んでいた友人なら思い出せる。でもたとえば、真辺由宇のことは思い出せない。彼女が同じクラスだったのかさえ覚えていない。僕が真辺と行動を共にするようになるのは、四年生からだ。

低学年が入る校舎の前に設置された鉄棒に手をついて、あんまり低くて僕は笑う。そうだ、あのころ僕は、逆上がりが好きだった。手のひらが鉄臭くなるのがなんだか好きだった。クラスの中では鉄棒が上手い方で、そのことがささやかな自慢だった。

今でも逆上がりができるだろうか、とふと思う。

こんなに低い鉄棒で逆上がりをすると頭を打たないだろうか。失敗すると、野球クラブの子供たちに笑われないだろうか。どちらも、あのころは考えもしなかったことだ。上手く実感できないけれど、逆上がりが日常の一部だった時代が、僕にはある。あのころの僕を、僕は捨てたといえるだろうか。

　バットがボールを捕える、甲高い音がした。子供たちの顔が一斉に空を見上げた。そのあいだに僕は、軽く息を吸って、止めて、地面を蹴る。自然と右足が高く上がり、左足がそれを追いかける。視界の上から背後の校舎が落ちてきて、地面がひゅんと飛びあがる。その瞬間、僕は思い出す。たしか女の子に、逆上がりの仕方を教えてあげたのだ。あれは誰だっただろう？　真辺ではなかった。

　僕の身体は、鉄棒の上で、まっすぐ静止していた。高く高く上がった打球に、ライトの選手がなんとか追いつき、跳びあがってキャッチした。

　地面に両足をつき、鉄棒から手を離す。それから、ポケットの中のスマートフォンを取り出して、魔女の番号に発信してみる。相変わらずコールの音は聞こえるけれど、相手が出る様子はない。僕は諦めて電話を切った。直後に、後ろから名前を呼ばれた。

「七草《ななくさ》くん」

　振り返る。そこに立っていたのは、吉野《よしの》だった。赤いチェックのロングスカートに、クロネコのイラストがついたリッスンハートビートのパーカーを羽織っている。彼女の私服をみるのは、もしかしたらこれが初めてかもしれない。なかなか新鮮だ。

「こんなところで、どうしたの？」

　と彼女は言う。

　僕は首を傾げてみせる。

「とくに理由はないよ。久しぶりに小学校の校庭をみたくって」

「そう」

「吉野は？　魔法をかける相手を探しにきたの？」

「え？」

思わず笑う。

名前を呼ばれたとき、本当に魔女が現れたのかと思ったのだ。でも吉野は、まったく魔女にはみえなかった。普通の高校一年生にみえた。

「冗談だよ」

ん、と吉野は唸る。

「ちょっとよくわからないかな」

「僕にしかわからない冗談なんだ」

「それって、私はどうしたらいいの？」

「不機嫌そうにしていてくれたらいい。それから、僕が謝ったら、大らかな心で許してくれたらとても嬉しい」

「別に謝られるようなことでもないと思うけど。でも、許すのは得意だよ」

僕たちは鉄棒の前に並んで、少年野球のバッティング練習を眺めていた。吉野の弟がこのチームに入っていて、彼女は忘れ物を届けにやってきたのだそうだ。少年野球の練習風景は、ただ眺めているには最適だった。悪意のようなものがひとつもない、平和な世界にみえた。

「真辺さんの友達になるのは、なかなか難しいね」

と吉野は言った。

彼女は昼食には真辺を誘うし、休み時間なんかにもできるだけ声をかけるようにしているそうだ。もちろん真辺は、理由がない限りそういった申し出を断りはしない。会話にも誠実に応じる。でも彼女の態度は、時間の積み重ねでは変化しない。ひと月のあいだ毎日顔を合わせた相手と、今日初めて会った相手を、まったく同じように扱う。

「真辺の友達になるのなんて、簡単だよ」

と僕は言う。

「そのまま伝えればいいんだ。友達になってよって言えばいい」

「断られないかな?」

「断られないよ。自信がある。僕の部屋にあるものを全部まとめて賭けてもいい。ついでにポケットの中の財布とスマートフォンもつけていい。君の方は使いかけの消しゴムでも賭けてくれればそれでいい」

「でもさ、それで真辺さんが頷いて、なんになるの?」

「君たちは友達になる」

「他には？」

「なにも変わらない」

たぶん愛想笑いだろう、吉野は少しだけ微笑む。

「それって、友達なのかな」

「少なくとも真辺の方は、それだけで友達だと思っているよ」

「真辺さんはクールだね」

「たまに残酷なんだ。僕は彼女と話しながら、辞書で残酷の意味を調べてみたことがある」

「それも冗談？」

「どうだったかな。本当に調べたことはある。そのときの心情までは、覚えていない」

吉野は軽く跳びあがり、鉄棒についた両手で身体を支えた。

「ロングスカートだから、回っても大丈夫かな？」

「さあ。試してみる？」

「やめとく」

彼女はそのまま、宙に浮かせた両足をそろえて、ふらふらさせた。

「でも七草くんは違うよね」

「もちろん、スカートをはいたことは一度もない」

「そうじゃなくて。真辺さんに、友達になってって言ったわけじゃないよね」

「たぶんね。小学生だったころの記憶は、もうずいぶんあやふやだけど」

吉野は鉄棒を諦めて、両足を地面につく。バッターボックスに入った、背の低い少年が、太陽を見上げるようなフルスイングで空振りする。

「昔から真辺さんの友達は七草くんだけだった気がするよ。傍からみていてもよくわかった。七草くんにだけ、真辺さんは本心で話しているみたいだった」

「気のせいだよ。本心じゃない真辺なんて、僕はみたことがない。誰に対してもね」

「そうだけど、そうじゃなくって。ほら、本心にも色々あるでしょ」

「まあね」

「真辺さんは嘘をつかないけど、でも言うべきこととそうじゃないことを、すごく厳密に区別してるんだと思う。自分の役割をしっかり考えているっていうか。私はね、そういう役割を忘れて話ができるのが友達だと思う。きっと真辺さんにとって、役割を忘れられる相手って七草くんしかいないんだよ」

確かに真辺由宇は、まるで自分に役割を課しているようだ。どこまで自覚的なのかわからない。ほとんど無意識なんじゃないかと思うけれど、ストイックにひとつのキャラクターを演じ続けているようだ。

「真辺はいつだってヒーローだから」

と僕は言った。

「きっと、そうじゃないよ」

と吉野は応えた。

「真辺さんが窓ガラスを割った、少し後かな。私、話したことがあるんだよ。まるでヒーローみたいな考え方をするねって」

「それで?」

「真辺さんは首を振ったよ。否定するときまで自信満々でね。そうじゃないって言ってた」

「彼女は自分のことに無自覚なんだよ」

「ううん。たぶん反対だよ。自分がなにをしたらいいのか、いつも本当によく考えていたんじゃないかな。たぶん小学生だとは思えないくらいに、冷静に」

吉野はじっと僕の顔をみた。

口元はほほ笑んでいたけれど、でも瞳からは感情を読み取れなかった。

「私の役割は大声でヒーローを呼ぶことだって、真辺さんは言ったよ」

なんだ、それ。

僕は長いあいだ、真辺由宇を信仰していたのに。僕にとってのヒーローであり続ける彼女こそを、守りたかったのに。彼女の方は初めから、ヒーローでいるつもりなんてなかったっていうのか。ただ無自覚なだけなら僕の望むところだけれど、意図して別の立場に着きたがっていたっていうのか。

「きっと真辺さんにとってのヒーローは、ずっと七草くんなんだよ。これは本人に聞いたわけじゃないけど、でも七草くんが助けてくれるって知ってるから、真辺さんは大声で叫ぶんじゃないかな。ここに問題がありますって伝えることに、いつだって全力なんだよ」

吉野は優しくほほ笑んでいる。

まるでそう言えば、僕が喜ぶと思っているように笑っている。

でも、そんなわけがない。なんて身勝手なんだろう。でも、叫びたくて仕方がなかった。そんなのは真辺由宇じゃない。僕の真辺由宇じゃない。

それは、僕が捨てたはずの僕の声だろうか。

真辺由宇を身勝手に定義づけたがっている、子供じみた僕の声だろうか。

まだその欠片が自分の中に残っているのなら、と考えて、苦笑する。つい魔女に向かってぼやいた。もうちょっと上手く引き抜いてくれよ。それとも最後の一欠けらは、自分の手で捨てろというのだろうか。

なんだか情けなくて、深く息を吸う。胸の中の空気を思い切り吐き出す。

「きっと、そうじゃないよ。真辺にヒーローがいるとして、それは僕じゃない」

「どうかな。私はなかなか、勝率の高い予想だと思ってるけど。とっておきのプリンくらいなら賭けてもいいよ。洋菓子屋さんのちょっと高いやつ」

「プリンは好きだよ。でも賭けで勝ちすぎるのはなんだか怖いな。小心者だから」

「私が勝つと思うけど」

「いや。僕が勝つ」

「そう？　近すぎて気づかない、みたいなこともあるんじゃないかな」

「真辺は僕にも、秘密だって言った」

もしも、彼女が大声で呼ぶべき誰かがいたとして。

彼女の問題を綺麗に片づけるヒーローがいたとして、それはきっと、特定の誰かではないんだろう。社会の善性のようなものを信じているんだろう。少なくとも、僕ではあり得ない。

「彼女がなにか、問題を抱えているのは間違いないと思う。きっと、彼女にとっては極めて重要な問題だよ」

断言できる。そうじゃなければ、真辺がクラスの作業を放り出してひとりで帰宅するようなことはしない。

「彼女が僕を信頼しているなら、真っ先に事情を教えてくれたんじゃないかな。でも、僕には相談できないらしい」

「本当に？　信じられない」

「本当に。実際に事情を訊こうとして、はっきりとそう言われた」

「それで、七草くんはどうしたの？」

「それっきりだよ。真辺が秘密だと言うんなら、それを無理に暴いたりはしない」

「どうして？」

吉野は顔をしかめる。なんだか不機嫌そうでもあった。

「真辺さんの事情を、知りたくないの？」

「興味はあるよ。でもね、他人の秘密をどうこうしたくはない。僕は秘密を守るのはけっこう得意だけど、暴くのは苦手だよ」

「それってすごく七草くんらしいけど、でも」

吉野が口をつぐんで、その空白を埋めるように、きぃんと澄んだ音が聞こえた。

少年が振ったバットに弾かれた白球が、真上に高く、高く舞い上がる。キャッチャーがマスクを外して、不安げな表情で顔を上げる。野手も、ベンチも、バッターまで、一歩も動かずに空の一点をみつめている。

隣で吉野が、短く息をはいた。

僕は特大のキャッチャーフライに気を取られていたけれど、彼女が鉄棒で一回転したのが、気配でわかった。大きな鳥が羽ばたくような音を、長いスカートがたてた。

キャッチャーがほんの二歩だけ後退して、落下してきたボールをつかむ。

僕は吉野に視線を向ける。彼女は平気な顔をして、両足を地面につけて、言った。

「なんかね、七草くんは無理をしてるんじゃないかなって気がする。相手の秘密を大事にするのって、すごく七草くんらしいけど、でも真辺さんにだけはそうじゃなかったから。私からみれば、七草くんと真辺さんってだいたい同じなんだよ。真辺さんが本心で話すのは七草くんだけで、七草くんが本心で話すのは真辺さんだけで。ふたりともお互いにだけ我儘な感じが、ずっと羨ましかったよ」

真辺と同じだ、なんて言われたのは、始めてだ。

ひどい話だ。僕は笑う。僕は真辺の隣で、ずっと常識人でいたつもりなのに。

「受け取り方によっては、ずいぶんな悪口だね」

「でも七草くんは、そんな風には受け取らないでしょ」

「どうかな。やっぱり僕と真辺は、まったく違うと思うけど」

部分的には、彼女の言う通りなのかもしれない。

以前の僕なら、真辺が秘密だと言ったとして、僕にだけは相談できないと言ったとして、そんなこと笑って聞き流したかもしれない。またなにかおかしなことにこだわっているなと思うだけで、裏からこっそり彼女の秘密を調べあげていたのかもしれない。

僕は細長く息を吐き出す。

「でもさ、こそこそ調べていることがばれたら、怒られるかもしれないよ？」

「そうしたら私が一緒に謝ってあげるよ」

「許してくれるかな？」

「あの真辺さんが、謝っても許してくれないはずないよ」

プリン賭ける？　と吉野は言った。

僕は黙って首を振る。負けるとわかっている賭けはしたくない。それに僕は、やっぱり真辺の秘密をこっそり暴いてしまおうという気にはなれない。真辺をそんな風に特別視する僕は、もう捨てたのだ。

でも魔女は引き抜いていくだけで、代わりのなにかを与えてくれるわけじゃない。きっと僕は、その空白に立ち止まっているのだろう。空白を埋めるピースが欲しくて、八つ当たりみたいに魔女を追いかけているんだろう。

ひとつ捨てた僕は、次の僕を獲得しなければならない。

魔法ではなく現実で、それをみつけなければならない。

＊

その日の夜、遅い時間に、スマートフォンが鳴った。

そろそろ眠ろうとベッドに入り、明かりを消したところだった。

マナーモードの振動が学習机を叩く音が、断続的に聞こえた。それはなにか、小さな生き物の悲鳴のようでもあった。

人付き合いに積極的ではない僕のスマートフォンにも、メールや短いメッセージならしばしば届くけれど、電話がかかってくることはまずない。僕はベッドから立ち上がり、学習机の片隅に置いたスタンドライトのスイッチを入れる。発信者の名前はモニターに表示されている。魔女からだ。

僕は応答のボタンに触れる。

スマートフォンを耳に当てながら、学習机の椅子に腰を下ろす。

「こんばんは」

と魔女が言った。

こんばんは、と僕は応えた。

「いったい、どうしたんですか？　こんな時間に」

「迷惑でしたか？」

「いえ。ただ、驚いて。何度かけても、貴女は電話に出てくれなかったから」

「そう簡単に魔女と話ができても問題でしょう。気まぐれに、たまに電話があるくらいがちょうど良いと思いませんか？」

「着信履歴を残しておくと、その日のうちに連絡があるのが、僕にとってはちょうど良いですよ。だれが相手だったとしても」

電話の向こうで、魔女は笑ったようだった。

僕はこっそりと小さなため息をついた。確かに、あまり気軽に魔女と話をするのも違和感がある。僕は本題を切り出す。

「いくつか教えてほしいことがあります。先月、秋山さんという人に会って――」

僕の言葉を、魔女は遮る。

「貴方の質問に答えるつもりはありません。今夜は気乗りしないから。魔女というのは気まぐれなものです」

「では、どうして電話をいただけたんですか？」

「貴方に訊きたいことがあったので。たったひとつだけです」

「いくつでもどうぞ。答えられることであれば、なんでもお答えしますよ。貴女には感謝しています」

「それはよかった」

魔女は、また笑う。

「質問は、真辺由宇のことです」

「真辺？」

「私は真辺由宇に電話をかけるべきですか？」

なんだ、それ。

どうしてそんなことを、僕に尋ねるんだ。そんな、答えようのないことを。

緊張か苛立ちで、僕のまぶたが震えたのがわかった。一方で魔女の声は楽しげだ。

「質問はこれだけです。さあ、答えてください」

僕は強くスマートフォンを握り締める。

「答えられませんよ、そんなの」

「どうして？」

「真辺の人格は真辺のものです。それを捨てるとか、捨てないとか、僕が決めていいことじゃない」

「誤解しているようですね。私はただ、彼女に電話をかけるか、かけないかを尋ねているだけですよ。最終的に決断を下すのは、彼女自身です」

だとしても。

どうして、僕が――

いや。

「なら、かけてください」

僕の一部は、魔女に電話をかけさせるなと言っている。真辺由宇が自分の一部を捨てるようなことがあってはならないと叫んでいる。古い声だ。今はもう、ずっと遠くにある声だ。

「いいんですね？」

と魔女は言う。

「はい」

僕は頷く。

「貴女は、優しいですね。とても優しい魔女なんですね」

電話の向こうで、魔女は沈黙した。僕は彼女の表情をみてみたいと思った。でもみようもないから、言葉を続けた。

「ただ人格を引いていくだけではなくって。その先まで、貴女は与えてくれようとしているんですね」

僕は新しい僕を獲得しなければならないんだ。確かな現実の中で。手で触れられるくらいのリアリティを持つ僕を、獲得しなければならないんだ。

きっと彼女の質問が、その手がかりになる。魔女が真辺に電話をかけることを、僕に選ばせてくれたから、それで進める道がある。

長い沈黙のあとで、魔女は言った。

「いいえ。私は身勝手な、悪者の魔女ですよ」

そして唐突に、電話が切れた。僕はなんだかまだ彼女に届くような気がして、相手のいないスマートフォンに向かって、おやすみなさいと言った。

3

真辺由宇は相変わらず、秘密の事情に追われているようだった。

翌日――一一月一五日、日曜日。彼女とメールを交換して、午後七時に駅前で落ち合う約束を取りつけた。僕は母親に、夕食はいらないと言って家を出た。

真辺とはマクドナルドに入った。いつもの公園を選ばなかったのは、最近夜になるとずいぶん冷え込むからという以上の理由はなかった。それなりに込み入った話をするつもりだったから、もう少し落ち着いた店を選ぶべきだったのかもしれない。でも一方で、相手が真辺であれば、場所なんて関係ないという安心感もあった。放課後の教室でも、落ち着いた喫茶店でも、あの公園でも。マクドナルドでベーコンレタスバーガーを食べたあとフライドポテトを片手に話しても、彼女は同じように真剣にこちらの話を聞いてくれるとわかっていた。

実際にフライドポテトをつまみながら、僕は言った。

「魔女から電話があったよ」

真辺はフィレオフィッシュに噛みつこうとしていた手を止めて、後ろ足で立ち上がったイタチみたいな、きょとんとした顔で僕をみた。

「七草に?」

「うん」

「どうして?」

「実は前にも一度、魔女から電話がかかってきたことがあってね。そのときの番号に何度かかけ直していたら、向こうから電話があった。昨日の夜だよ」

「そっか」

真辺は今度こそフィレオフィッシュに噛みついて、頷く。

「なんとなく、七草なら簡単に魔女をみつけるんじゃないかって気がしてた」

「食べながら喋るのは、行儀がよくない」

真辺は頷いて、オレンジジュースを手にとる。もごもごと口を動かす彼女に向かって、話を進める。

「別に、僕が魔女をみつけたわけじゃない。探し始めるとすぐに、向こうから連絡があったんだよ。魔女は君のことも知っていた」

ようやく口を空っぽにして、真辺は言った。

「どうしてだろう? 魔女のことを調べると、向こうに伝わるようになってるのかな?」

「たしかに不思議だけど、そんなものだって受け入れるしかないんじゃないかな。なんといっても相手は魔女なんだから」

「わかった。魔女は魔女について調べている人のことを知っている。そして、私には連絡せずに、七草には連絡した。判断基準はなんだろう？」

「さあね。くじ引きかもしれないし、出席番号順かもしれない。なんにせよ、魔女は僕に質問した。真辺に電話をかけるべきかってね。正直なところ、ずいぶん悩んだけれど、かけてくださいと僕は答えた」

「疑問ばかりが増えるな」

真辺は形の良い眉を寄せて、眉間に皺をつくる。

「魔女ってそんな相談するものなの？　まるできみの友達みたいじゃない？」

「実際のところはわからない。でも、魔女は僕に気を遣ってくれたんじゃないかって気がしてるよ」

「どういうこと？」

少し話が長くなりそうだったので、僕は真辺に、フィレオフィッシュを食べてしまうように促した。

「先月、秋山さんという人に会ったんだ。以前魔女に頼んで、人格の一部を引き抜いてもらった人だよ。でも秋山さんは、魔女に会ったことを後悔していた。魔女が悪いわけじゃない。この辺りのニュアンスは、とても難しいんだけどね。自分を捨てても、捨てなくても、あの人は結局後悔することになったんだろうと思う。君にはわからないかもしれないけれど、なにを選んでも後悔することだってある」

　真辺は、たった一口でフィレオフィッシュを食べる手を止めて、トレイに戻し、それからはまっすぐに僕の瞳を覗き込んでいた。僕が言葉を区切ると、彼女は頷いた。

「少しだけわかるよ。なにを選んでもっていうのは、ちょっと言い過ぎだと思うけど。でも目にみえるどれを選んでも後悔する問題は、確かにあるんだと思う」

「君でもそういうことがあるの？」

「ある。とても困る」

　僕は頷く。そう。とても困る。

「秋山さんの問題は、捨ててしまった自分の代わりを上手くみつけられなかったことなんじゃないかな。たとえばとても怠けやすい人が、すぐに怠ける人格を捨てたとする。その人はもう滅多なことでは怠けない。でもそれだけだと、たぶん足りないんだ。目標とか、目的とか、義務感とか、正義感とか、なんでもいいけれど捨てた部分を埋める新しいなにかを用意しておかないと、その空白に戸惑っちゃうんだ」

「それは壊れた歯車を取り外しても、けっきょくちゃんと動かないってこと？　新しい歯車を取りつけないと修理になってないのと同じ？」

「だいたいそういうことだと思う。で、ここからが重要なんだけど」

「うん」

「八月の末に、僕も自分の一部を捨てた。でも、その空白はまだ埋まっていない」

壊れた歯車を取り外したまま放置されて、まだ新しい歯車は手に入っていない。

真辺はしばらくじっと、僕の顔をみていた。

その瞳はなんだか、これまでとは違っていた。いつもと同じようにまっすぐで、いつもと同じようになんの感情も読み取れないけれど、でも違和感がある。普段よりも弱々しい。夏の光と冬の光はやはり別物であるように、なんだか彼女が陰ってみえた。

その変化に意識を奪われて、僕は言葉を続けられないでいた。

やがて彼女は、ゆっくりと言った。

「じゃあきみに、捨てるべきところがあったっていうの？」

僕は眉を寄せる。

「そりゃ、捨てたい自分なんていくらでもあるよ。僕がなにを思って、どんな自分を捨てたのか、丁寧に説明してもいい。なかなか恥ずかしいことだけど、そうしてもいい」

聞きたい？　と僕は尋ねる。

真辺は頷いた。

「聞きたい。とても」

「君が魔女に会いたい理由は秘密なのに」

「そうだね。それはずるいことだと、確かに思う。七草が秘密だと言うなら、私は訊かない」

彼女の表情があまりに真剣で、僕はつい笑う。

いまさらなにを言っているんだ。真辺由宇は、いつだってずるいんだ。辞書に載っているずるさとは違う。道徳の授業で習うずるさとも違う。本人に自覚がないことも知っている。彼女はずる賢さを欠片も持ち合わせていないことが、ずるい。

真辺はずるいままでいいんだ。

「話すよ。半分はそのために、君に会いに来たんだ」

「じゃあ、教えて。七草はなにを捨てたの？」

「簡単に言ってしまえば、真辺。僕が捨てたのは、君へのこだわりだよ」

昨日まで、こんな話をするつもりはなかった。小学校の鉄棒の前で吉野と話をして、それから魔女の電話を受けて。それで初めて、真辺に打ち明けようという気持ちになった。僕は彼女との関係性の一部を捨てて、その代わりをまだ手に入れていない。二か月半ものあいだ、空白に停滞していた。僕にはこの少女との、新たな関係性を築く必要がある。

「僕はこれまで、君に色々な嘘をついてきた。たいていは小さな嘘だけど、中には大きな嘘もあったかもしれない。今となってはよくわからない。僕は君に嘘をつくことに、ほんの少しの抵抗もなかった。君が望む言葉なら。あるいは君が傷つかずにすむ言葉なら。あるいは少しでも君が生きやすくなる言葉なら。僕は躊躇なく嘘をついた」

――もしかしたらオレは、正直者でいたくて嘘をついていたのかもしれない。

と、秋山さんは言った。

今は僕も、まったく同じ気持ちだ。きっと小学生のころから、真辺への純粋な感情に正直でいるために、いくつもの嘘をついてきたのだと思う。

「僕が君に、上手く嘘をつけなかったのは、たったの二回だけだよ。二年前、君がいなくなってしまった日。それから八月に、君と再会した日。質問はどちらも同じだった」

真辺はまた、あの質問を繰り返す。

「どうして、きみは笑ったの？」

僕は首を振る。

「そんなこと、真辺が気にする必要なんてなかったんだ。どうせ僕にも答えがわからないことだ。悪いのは僕だよ。できるだけ早く、適当な嘘をついてごまかしておくべきだった。君に二年間も、つまらない疑問を持たせてはいけなかった。どうして僕は、その質問にだけ嘘をつけなかったんだろう？　考えてみれば、答えは簡単だった」

なぜ笑ったのかは、まだ思い出せない。

でも嘘をつけなかった理由は、たった一晩でみつかった。

「僕にはそもそも、君があんな質問をしたことが、許せなかったんだ。君があんなことを尋ねるなら、不用意に笑った僕が、許せなかったんだよ」

だからあの時だけは、真辺に誠実でいたかったのだと思う。インスタントな嘘は便利で、つい頼ってしまうけれど、あの質問にだけは正直でいたかったのだろうと思う。

真辺は深い瞳で、吸い込むように僕の顔をみている。

「なぜ、許せなかったの？」

「だって」

僕はなにかをごまかすために、くすりと笑う。

「あの質問をしたとき、君はまるで傷ついているようだった。これまでを反省して、変わろうとしているようだった。長いあいだ、ずっと僕が怖れていたのは、それだったんだよ。君が傷ついて、変わってしまうことだったんだよ」

真辺にはそんなつもりなんてなかったのだろう。

僕にさえ、わからなかった。あとから振り返って考えてみるまでは。

でも真辺由宇の質問は、まっすぐに、僕の弱点を突いていた。僕をいちばん傷つける質問だった。

目の前で真辺は眉を寄せる。

「変わるのは、いけないことなの？」

「いけないわけがない。人はそれを、成長と呼ぶんだ」

本来なら、それは正しいことだ。考えるまでもなくわかることだ。

だから、これは懺悔だ。ほんの少しだけ言い回しを変えるなら、僕は真辺由宇が当たり前に成長することを受け入れられなかったんだ。それは明らかに歪んでいて、愚かで、恥ずかしいことで、だから。

「だから僕は、その感情を捨てた」

彼女への間違った信仰を捨てて、でも僕は、まだその代わりを獲得してはいない。

真辺由宇は長いあいだ沈黙していた。僕の言葉を噛み砕いているのだろうと思う。それから彼女はトレイの上のフィレオフィッシュを手に取って、かみついた。しっかりと咀嚼して、飲み下し、オレンジジュースを勢いよく飲んで、ようやく言った。

「なんにせよ、私はきみに感謝してるよ」

「そう」

「ずっと昔からわかっていたし、二年間きみと離れてもっとよくわかった。私はあらゆる面できみに助けられていた。太陽や地面や空気と同じくらいに。何度もありがとうって言ったつもりだけど、それを一〇〇倍にしても足りないくらい、私はきみに感謝している」

「それは知らなかったな」

「よく言い忘れたから。すごく反省してる」

回数の問題ではない。まあ、彼女に感謝されていようが、いまいが、僕にとっては比較的どうでも良いことだ。いまいち話の流れがわからなくて、僕は「それで？」と先を促す。

「それで、つまり。七草は私のために、わざわざ自分を捨てるような必要なんてなかったんじゃないかと思う。あくまで私の感情としては」

「僕の感情としては、捨ててよかったと思ってるけどね」

真辺は頷く。

「話してくれて、ありがとう。それから、私のことで悩んでくれたのも、ありがとう。なんだか不思議な感じがする。七草が自分を捨てたって聞いて、よくわからないけれど、すごく怖くなったんだよ。思いもよらないことだった」

「実際はたいしたことじゃないんだ。魔女に会ったとしても、会わなかったとしても、結局僕は変わっていたんだろうと思うよ。魔女から電話があったあの日よりも、そのあとの二か月と少しで、より色々なことが変わった気がする」

「私も変わるのかな？」

「そう。そのことを、話したかったんだ」

今夜、真辺由宇に会った理由の半分が、僕が捨てたものについて話すことだった。そしてもう半分は、これからの彼女についてのことだ。

「たぶんそう遠くないうちに、君に魔女からの電話がかかってくると思う。もし捨てたい自分があるのなら、簡単に引き抜いてもらえるはずだ。痛くもないし、苦しくもない」

「そして私がなにかを捨てても、七草はもう、それを嫌だと思わないんだよね？」

「いや」

僕は首を振る。

「どうしてだろうね。君の変化を嫌う僕は、もう捨てたはずなんだ。でも今だってまだ、君に変わって欲しくないと思っている」

しばらく言葉を切って、考えを整理する必要があった。

魔女は僕が望んだもののすべてを、引き抜いてくれなかったのだろうか？　そうかもしれない。僕はまだ、あの頃の感情を綺麗に忘れられていない。

「僕は本当に、君の変化を受け入れたいと思っているんだよ。一方で、君に変わって欲しくないとも思っている。簡単に君が変化してしまうとやっぱり寂しい。たぶん知らないと思うけれど、僕は君の色々なところが気に入っているんだ」

どうしようもなかった。真辺由宇が変わるなら、それは仕方のないことだ。わかっているのに僕は、これまでの彼女への執着を捨てられないでいる。

「嬉しいよ。私は七草に嫌われているんじゃないかと、ちょっと不安だったから」

「嫌いなところもたくさんある。嫌いなところも、気に入っている。思い返してみれば、僕がちゃんと嫌いになるのは、君くらいなんだ。僕を本当に苛立たせる部分であれ、君からなくなってしまうと、とても悲しいよ」

　真辺由宇は笑う。

　彼女にしては珍しい、冗談を言うときみたいな笑い方だった。

「七草じゃないと、そんなこと言わないだろうけど。でも、七草以外から聞いたなら、まるで告白みたいだと思ったかもしれない」

　僕は首を傾げる。

「君にそんな、色気のある発想ができるとは思わなかったな」

「最近はいろんなことを考えているんだよ。そうせざるを得なくなって。七草の言う、なにを選んでも後悔するような問題が、私にもあるんだと思う」

「それは君の、秘密の事情に関係しているものなの？」

「うん。そうだよ」

「秘密はいつまで秘密なんだろう？」

「わからない。魔女から電話がかかってくるまでかな。もっと先かもしれない」

「君は、君を捨てるつもりなの？」

「それもわからない。もう少し悩むよ。きっとどこかに、正しい答えがあるんだと思う」

「目に見えるものではないにせよ」

「そう。目にみえるどれを選んでも後悔するのかもしれないけれど、でも、それならみえないところに正解があるのだと思う」

真辺由宇は正しい。

少なくとも、問題に対して誠実ではある。

でも神さまではない僕たちには、すべての選択肢を知ることなんてできなくて、目にみえるものからひとつを拾い上げるしかない。どれだけ彼女が誠実に考えても、やっぱり、後悔するときはくるのだろう。

それが今日でなければいいと思う。明日でなければいいと思う。

「私は、できるならきみを悲しませたくないよ」

と、真辺由宇は言った。

マクドナルドからの帰り道、僕たちはほとんどなにも話さなかった。

真辺由宇は深く考え込んでいるようで、僕は彼女の隣を、ただ黙って歩いた。

住宅街に入ると辺りは静まり、気温が少し下がったような気がした。家々の窓から漏れる光はなんだか嘘みたいで、月の光の方がいくらか現実味があった。

窓のひとつから、携帯電話の着信メロディだろうか、ジブリの映画に使われた曲が単純な電子音に置き換えられて聞こえてきた。僕はなかなか、その曲のタイトルが思い出せなくて、真剣な表情の真辺の隣で、そんなことに気を取られていた。

なんにせよ、僕は真辺に話そうと決めていたことを、ひと通り話したのだ。実のところそれは、僕にとっては途方もない作業だった。彼女とこれほど本心で会話しようと努めたのはきっと初めてだ。彼女以外の相手に対して、本心であることを心掛けたことなんて数えるほどしかない。

残された僕の仕事は、あとひとつだけなのだという気がした。

真辺由宇が変わるにせよ、変わらないにせよ。

魔女の魔法にかかるにせよ、かからないにせよ。

その結果を受け入れることだけだ。

4

一一月二三日、月曜日。

今月もあと一週になった夜、また階段の夢をみた。三度目のことだった。

山の中を伸びる階段はやはり静かで、これまでとの違いといえば、現実と同じように息を吸い込むと冬の匂いがすることくらいだった。

僕はどうして、繰り返しこの夢をみるのだろう？　僕自身がここにくることを望んでいるのだろうか。なんだか意味がありそうで、でも本当はなんの意味もないのだろうか。それとも。

最初の夢では階段を下り、二度目は上った。

今回は、そのどちらを選ぶ必要もないようだった。

下の方から足音が聞こえてくる。見下ろすと、そこにいたのは、やはり僕だった。ずいぶん不機嫌そうな表情の僕が、こちらを睨みつけて、一段ずつ階段を上ってくる。

「会うのは二度目だな」

と、もう一人の僕は言う。

「覚えているか？」

僕は首をひねる。疑問はなかったが、思い返すこと自体が不快ではあった。

「二か月くらい前にも、同じ夢をみたかな」

自分自身に対面した夢なんてものをいつまでも覚えていたくはない。けれど、この階段の夢はなぜだか、簡単には記憶から抜け落ちてくれない。はっきり覚えている夢はここでのことくらいだと気づいた。あとは漠然とした印象か、たまたま雑談で夢の話になったとき誰かに語った自分の言葉を思い出せるくらいで、夢そのものは忘れている。

目の前の僕は、皮肉に似た表情で、口元を歪める。

「それはよかった」

「よかった？」

「いや」

彼は、軽く首を振る。

「ここは夢の中じゃない。そう変わらないけれど、やっぱり違う」

なにを言っているんだ？　と僕は尋ねる。

自分でも愛想のない口調になるのがわかった。目の前の僕と同じように。こんな会話、さっさと切り上げてしまいたい。でも一方で、この場所には、いくらかの興味がある。なんだか魔女のことと繋がっているような気がしたのだ。僕がこの夢をみるようになったのは、引き算の魔女から電話を受けてからだ。それに前回の夢で会った、あの目つきの悪い少女は、魔女を知っているようだった。

もう一人の僕は、不機嫌そうにこちらを睨んでいる。

「事情の説明はしない。言ってもどうせ、納得しない。とにかく相原大地《あいはらだいち》という少年をみつけるんだ」

相原大地。僕はその名前を胸の中で反復する。

聞き覚えはない。人の名前を覚えるのは得意な方ではないから、忘れているだけかもしれないけれど、もうひとりの僕の口ぶりからしてもこちらに面識があることを期待している様子はなかった。

速い口調で、彼は言う。

「一度で覚えろ。大地は小学二年生の少年だ。ごく普通の少年だよ。サッカーが好きだと言っていた。それに、さつまいものコロッケが好きだと。でもトランプも知らなくて、勝負事では進んで負けようとする。僕も事情はよく知らないが、きっと家庭になんらかの問題を抱えているのだと思う。なんとしてでも彼をみつけだせ。住所は——」

彼が告げたのは、聞き覚えのある地名だった。時間をかければ歩いてでもいけるくらいの距離だ。電車にのれば、駅を三つか、四つか。

「大地を守れ。絶対に」

もうひとりの僕の強い口調に、思わず眉を寄せる。

「どうして？　意味がわからない」

それに、絶対なんて、僕の言葉だとは思えない。

「真辺由宇が望んでいる」

まるで僕ではないような彼は、僕の胸元に人差し指を突きつけた。

「いいか？　君の方から言うんだ。大地に会いに行こうって、彼女を誘うんだ」

なんなんだ、この僕は。感情的で、会話が成り立たない。まるでなにか、つまらない意地を張っているようだ。

僕は努めて、抑えた声を出す。

「わけがわからない。事情を説明しろよ」

「言ってもどうせ、納得しないさ」

「どうしてわかるんだよ？」

「僕のことだ。わからないわけがないだろう」

ああ。なるほど。

確かによくわかった。この僕は本当に、僕に苛立っているんだ。ストレートに怒りをぶつけているんだ。こんな会話は早く切り上げたくて仕方がないんだ。

そして、彼が僕であるなら、こんなにも感情的になる理由なんて、ひとつしかない。

彼は叫び声をあげる。感情的に上ずった声で言う。自分の叫び声なんていつ以来だろう。叫ぶのは苦手だ。

「お前は、真辺を傷つけた」

ああ、結局、そういうことなんだろう。

僕の感情をむき出しにするものがあるとすれば、彼女くらいなものだろう。

「自覚はあるか？」

尋ねられて、僕は考える。

まず思い浮かんだのは、僕が魔女の魔法にかかったことだった。僕が僕を捨てたと知ったときの彼女の様子は、予想とは違っていた。でも、別のこともあるのかもしれない。二年前に彼女とさよならを言い合ったとき、僕は彼女を深く傷つけたのかもしれない。あるいは八月に再会したとき。あるいは九月にあの公園で、彼女に向かって嘘をついたとき。

なんだか最後のひとつに、いちばん説得力を感じた。

――どうして、きみは笑ったの？

あれが真辺にとって、重要な質問だとわかっていた。

でも彼女への信仰を捨てた僕は、ためらわずに嘘で答えることができた。できるだけ耳触りの良い言葉を選んで、ようやく穏便に、正しく、あの質問を乗り越えたつもりだった。でも。

ただの直感だ。これまで考えもしなかった。

でも真辺由宇は、僕の言葉が嘘だと、知っていたのではないだろうか。

あの素直な真辺由宇に嘘をつくなんて簡単なことだと思っていたけれど、でもそうではなかったのかもしれない。僕は大切なことで、いつだって失敗するのだ。本当に叶えたいことほど叶えられないできたのだ。今ではもう、僕がどんな表情で、どんな声色で彼女の質問に答えたのか思い出せない。

目の前の僕は、強く拳を握っていた。彼の瞳には、輪郭を撫でられるような、具体的な怒りが宿っていた。彼は僕を殴るだろうか。そうしたいなら、殴ればいい。一時的な肉体の痛みなんてどうでも良いことだ。

「思い当る節はある」

と、僕は答えた。

彼の左手が伸び、僕の胸倉をつかむ。

もしも自分の顔でなかったなら、悲しくなるくらい切実な表情で彼は言う。

「二度と同じミスをするな」

ああ、その通りだ。まったく同じ意見で、嘘みたいだ。

つい、口元から笑いが漏れた。

「僕の言葉だとは思えない」

きっとこの僕だって、僕が失敗ばかりだということを知っている。望んだことがその通りにいくなんて、信じられないことを知っている。

胸元をつかむ、彼の手の力が増した。

「ああ、まったくだよ。僕に似合わないことを言わせるな。これじゃ、なんのために僕が捨てられたのかわからない」

その言葉で、ようやく理解する。

目の前の僕が誰なのか。いったいここが、どんな場所なのか。

彼は相原大地という名前と、その少年の住所を繰り返して、ようやく胸元から手を離す。首元を撫でて、僕は言う。

「なんとなくわかったよ。君は、僕が切り捨てた僕か」

彼はそらしていた視線を、もう一度僕に戻した。

「覚えているのか？」

「魔女に会ったのは、覚えている。夏休みが終わるころだ」

この場所に訪れるのは四度目なのではないかと、ふと思い当たる。魔女から電話があったあの八月の夜、夢の中で僕はこの場所に訪れて、魔女と話をしたのではないか。

彼はつまらなそうに首を振った。

「どうでもいいことだ」

「そうでもない。僕はもう、君ほどは自虐的じゃないからね。多少は自分のことも考えるさ。どうして切り捨てたはずの僕が、僕の前に出てくるんだ？」

僕はこの僕に、興味を持ち始めていた。

真辺由宇への幼い信仰心を捨ててはいない僕に。なんの迷いもなく真辺由宇との関わり方を決められていたころの、平和な時代の僕に。

ああ、たぶん本当に、僕は君ほど自虐的ではない。でも一方で、君よりもずっと深く悩んでいる。身勝手なことを言わせてもらえば、君は平穏に閉じた世界で呑気に暮らしている。

彼は不機嫌そうに答えた。

「知るかよ。魔女が魔法を使ったんだ。なんだって起こる」

「ま、そりゃそうか。それでどうして、君はそんなに怒っているんだ？」

「どうして、だって？」

僕が捨てた僕は、また攻撃的な目つきでこちらを睨む。

「真辺由宇も、魔女に会った」

予想していた答えではあった。

とはいえやはり、否応なく僕を緊張させる言葉だった。

「それで？」

「僕が余計な厄介事を背負い込むことになった。珍しくずいぶん動き回ったよ。でも、彼女は明日の朝には元に戻っているはずだ」

つまり、真辺由宇は、自分の一部を捨てたのか。

――私は、できるならきみを悲しませたくないよ。

と彼女は言った。

その言葉が嘘だったとは思わない。彼女の言葉を嘘だと思ったことなんて、ただの一度だってない。もし真辺由宇が、これまでに三つの嘘をついたと言ったとして、僕はその言葉こそが彼女の最初の嘘なのだと判断する。あるいはただの勘違いで、嘘の意味を間違えて使っているのではないかと疑う。

けれど一方で、真辺の望みが常に叶うわけではない。僕はやっぱり傷ついていた。どれだけ自分が傷ついたのかは、よくわからない。ほんの少し擦りむいた程度なのかもしれないし、二度と元には戻らないほど大きく欠落したのかもしれない。もう二、三日すればある程度は推し測れるだろう。

僕は、ほんの二段ほど下にいる僕を見下ろして、首を傾げる。

「そう上手く行くかな？」

「どういうことだ？」

「知らないよ。でも、僕の計画は上手くいった例《ためし》がないから」

本当に重要なことで、僕は失敗するのだ。

だって、ほら、真辺由宇は自分を捨ててしまった。

僕が捨てた僕は、目にみえて動揺していた。思いもよらない反論を受けたという風だった。その様をみて、僕は笑う。

「ずいぶん意外そうな顔じゃないか」

僕にはもうひとりの僕がどんな風に思考したのかが、自分の記憶のようによくわかった。きっと彼だって傍からみていれば、すぐに答えに辿り着いただろう。でも彼は、まだ混乱しているようだった。

「本当にわからないのか？」

そう尋ねると、彼は意外にも、あっさりと頷く。

「ああ。わからない」

彼の様子をみて、僕は内心でため息をつく。

先月だったか、この階段で目つきの悪い少女に出会ったとき、僕は言った。

――信仰を失くした僕は、もしかしたら愛されたくなったのかもしれない。

でもそれは、どうやら間違いだったようだ。自分の感情を視界に入れようとしなかっただけで、魔女に会う前から僕は、彼女が遠く離れてしまうのがつらかったんだ。

簡単な話だよ、と彼女を信仰し続ける僕に語り掛ける。

「つまり君にとっては、すべて予定通りに進むのが失敗だってことだ。君の隣から真辺がいなくなることが悲しくて仕方がないから、そうなると素直に信じられるんだ」

いかにも僕らしい考え方じゃないか。

「君は自覚もなく幸せを諦めてしまえるほどの、悲観主義者なんだよ」

僕は笑う。なんだか胸が痛くって。ねぇ、相手が自分自身だったとしても悲しくなるようなことを、口にさせないでくれよ。

彼はまだ平常心を取り戻せていないようだった。怯えた目で僕をみていた。いや、その瞳は、僕のずっと後ろの何光年も離れた星空をみているのかもしれなかった。

その情けない顔に向かって、僕は尋ねる。

「君自身はどうなんだ？」

「え？」

「僕に捨てられて、君はどう思っている？」

「別に、普通だよ」

「普通って？」

「それなりに生きてる。これまでと同じように」

ああ、そうだろう。君は変わらないんだろう。

「それはよかった」

素直にそう思っていた。

彼のことが、少しだけ羨ましい。強引にでも変わらなければならない僕とは違う。

ようやく落ち着きを取り戻したのだろう、見覚えのある僕の顔で、ゆっくりと彼は微笑む。

「ああ、でもひとつだけ、変化があった」

どこか挑発的な口調だ。こちらを見上げながら、見下しているような。

僕が相手でなければまず使わない、とげのある口調で、彼は言った。

「僕はほんの少しだけ、僕のことが好きになったよ」

彼が平然と言い放った言葉は、あまりに見え透いた嘘で。

僕にしてみれば小学生が口喧嘩で使うのと変わらないくらいの嘘で、なのに胸を強く揺さぶった。そこには確かに、現実的な重みがあるように感じた。

――もしかしたらオレは、正直者でいたくて嘘をついていたのかもしれない。

と、秋山さんは言った。

彼にそんな自覚があるとは、とても思えないけれど。

でも彼が言ったのは、今の僕には、決して口にできない種類の嘘だった。

＊

僕が目を覚ましたとき、時計の針は、午前五時ごろを指していた。

頭の芯にはまどろみに似た疲労が残っていた。でも僕は、もう一度ベッドに潜り込もうという気にはならなかった。

カーテンの向こうはまだ深い夜で、窓を開けてみると、あの階段と同じ冬の匂いがする。嫌な匂いじゃない。視界をクリーンにしてくれる。胸の痛みも、少しは見通せるような気がした。

――真辺由宇が、自分の一部を捨てた。

いったいどうして？　なんのために？

ほどなく訪れる朝を今はまだ覆い隠す夜空を、僕はしばらく眺めていた。それから窓を開けたまま、ベッドに横たわって真辺由宇のことを考えていた。

やがて日が昇る。空がクリーム色を帯び、窓の片端に朝陽が現れる。しっとりとした質感の瑞々しい赤だ。僕はいちばん古いのかもしれない記憶を思い出す。この朝陽は、あの記憶の中の朝陽と同じものだろうか。古い言葉は、遠いところに残っているんだよ。だとすれば、僕からみていちばん遠くにある記憶と同じ言葉で、この朝陽を好きだと言えるだろうか。

その朝、僕は普段よりも一時間も早く家を出た。制服の上にコートを着込んで、冷え切った空気の中、背筋を伸ばして歩く。

あの公園の前を通り過ぎて、なんでもない十字路で足を止めて、じっとひとつの方向を眺める。そこはいつも真辺と別れる十字路だ。視線の先に、彼女がいる。

三〇分ほど待っただろうか。やがて、前方から真辺由宇が歩いてくる。ぴんと背筋を伸ばして。顎を引いて。硬い足音で。

まっすぐにこちらを見る彼女を、僕もまっすぐに見返した。

捨てた自分に言われた通りに動くのは、少し癪だけど。そんなつまらない感情、鼻で笑って弾き飛ばしてしまえばいい。

目の前で、真辺由宇が足を止める。

僕は、できるだけ丁寧に笑って。

「君の秘密には、相原大地という少年が関わっているのかな？」

胸の中で確信しながら、そう尋ねた。

四話、春を想うとき僕たちがいる場所

1

なぜ真辺由宇《まなべゆう》が、自分の一部を捨てたのか。

あの夜、夢の中で会った僕が言ったように、彼女はそれを取り戻したのか、取り戻さなかったのか。

そしてどちらにせよ、真辺由宇はなにを捨てたのか。

この三つの点が、僕にとって重要だったのは言うまでもない。けれど僕は、どれひとつとして彼女には尋ねなかった。迷っていたのとも少し違う。いつか自然にその質問を口にできるときまで、じっと息を殺して待っていようと決めていた。

そもそも僕は、真辺由宇の変化を受け入れるために、魔法にかかったのだ。なのにこの三つの質問に抵抗があるのは、こちらの準備がまだできていないからだろう。なら、慌てることはない。すべては彼女の問題ではなくて、僕の方がもう少し、成長する必要があるのだと思う。

一方で、相原大地《あいはらだいち》という少年についてなら、今でも自然に尋ねられた。その少年が、真辺由宇が抱える秘密に深くかかわっているとしても。

きっと彼女の秘密はふたつあり、それぞれ別の意味を持っているのだ。

以前、真辺が文化祭の準備を休む理由を尋ねたとき、彼女はこう言った。

――私は、できるなら答えたくない。でも、どうしても話した方がいいって七草が言うなら、できるだけ話せるようにしてみようと思う。

そのすぐ後、彼女の悩みについて尋ねたときの返答は、こうだった。

――世界中のだれにも相談するつもりはないけれど、七草だけにはできない。

僕はふたつとも、同じことについて尋ねているつもりだった。あの時点では、真辺由宇が文化祭の準備を休む理由と、彼女の悩みは同一のものだと思い込んでいた。なのに真辺の答えは矛盾している。前者はまだしも僕に打ち明ける余地があり、後者はまったくない。

つまり僕の質問は、彼女にとってはまったく別の意味を持っていたのだ。

彼女の事情と彼女の悩みは、共に僕に対して秘匿されていたけれど、でも本質は別々のものなのだ。

相原大地のことは、きっと前者に分類されるのだろう。まだしも僕に打ち明ける余地のある秘密なのだろう。だから僕は、そちらだけを前に進めた。一方で真辺が魔女の魔法にかかった理由は後者に分類されるはずで、僕にはまだ踏み込めなかった。

相原大地について尋ねたとき、彼女は言った。

「今は、話せないよ。秘密にするって約束したから」

真辺であればそう答えることを、僕は知っていた。

「七草《ななくさ》にだけは話せるように、説得してみる。許可をもらえたらまた連絡する」

でも彼女からの連絡はないまま、月が変わった。

＊

一二月の最初の土曜日に、僕はバスに乗った。

ちょっとした事情があって、秋山《あきやま》さんに会っておきたかったのだ。

僕は彼の連絡先を知らなかった。だから久しぶりに、安達《あだち》に連絡を取り、秋山さんとの仲介を頼んだ。安達は僕が彼に会おうとする理由をずいぶん気にしているようだったけれど、返答は濁しておいた。

秋山さんは今回も待ち合わせ場所に、あの図書館の、自動販売機の隣にあるベンチを指定した。僕はバスの時刻の関係で、約束よりも一〇分ほど早く図書館に着いたけれど、秋山さんはすでにベンチに座っていた。

真っ黒なコートを着た、肌の白い彼は、冷たい空気によく似合っていた。真冬にしか姿を現さない渡り鳥みたいだった。彼は右手の指先で缶コーヒーをぶら下げるように持ち、左肘を膝の上について、その拳の上に頬を載せていた。僕が近づくと顔を上げて、

「やあ」と彼は言った。

「お待たせしてすみません」

「いや。約束の時間よりはまだ早い」

「でも寒いでしょう。この数日、また気温が下がったようです」

「寒いのは好きなんだ。でもこんなところを待ち合わせの場所にして、悪いと思っているよ。電話を受けたときには暖房が効いた部屋の中にいて、そのせいで冬のことを忘れていた。どうもオレは忘れっぽいらしい。バスの時間のことだって、今朝になってようやく思い出して、それに合わせて家を出たんだよ。だからあまり待ってもいない」

彼はこちらを見上げて、「どこか暖かいところにいこうか？」と首を傾げた。

ここで問題ありません、と僕は答える。それほど長話をするつもりもない。

秋山さんがベンチの隣を指さして、僕はそこに腰を下ろす。

「魔女から連絡はありましたか？」

「いや。どうして？」

「先月の末に、僕の友人のところに魔女から電話がかかってきたんです。そのとき、秋山さんの話になったそうです」

「へぇ、なんだか不思議だね。君の友人とオレに、どんな繫がりがあるんだろう？」

「僕が以前、秋山さんの話をしたことがあって。彼女はそれを覚えていて、魔女に伝えたそうです」

「オレなんか、どこにでもいるただの高校生だと思うけどね。君はいったい、どんな風にオレのことを話したの？」

「魔女に会っても、会わなくても、結局なにかしらの後悔が残るんだろうという話をしたんです。秋山さんのことは、その一例としてあげたつもりでした。でも、向こうがどういう風に受け取ったのかはわかりません」

「なるほど。それで？」

「僕の友人は、魔女がもう一度、貴方に連絡を取るように提案したようです。魔女は、気が向けば貴方に電話をすると答えたと聞いています」

「つまりオレは、捨てた自分を拾う権利を得たわけか」

「あるいはもう一度、捨て直す権利かもしれません。魔女の気が向けば、ですが」

僕はため息をつく。

「今日はそのことを、謝りたくてきました。僕の目からは、友人がしたことは、端的に言って余計なお節介にみえます」

　秋山さんは小さな声で笑う。

「謝られるようなことじゃないよ。なかなか悩ましい話ではあるけれどね」

「なんにせよ、秋山さんの意思を確認せずに進めていい話じゃありません。彼女は注意しておきましたが、元をただせば僕が悪い。そもそも僕が、不用意に秋山さんの話をしたことが原因です」

「気にしなくていい。本当に。その友人には、ありがとうと伝えておいてくれ。面識もないオレのことを多少なりとも考えてくれたわけだからね」

　秋山さんは缶コーヒーに口をつけて、それから少しだけ視線を上げた。どうやら道路の向かいにあるイチョウの、葉を落とした枝の一本をみたようだった。

「それにオレは、機会があるなら、もう一度魔女と話したいと思うよ。自分を捨てるとか、拾い直すとか、そんな話はもう充分だけどね。ささやかな雑談をしてみたい」

「たとえば？」

「たとえば、魔女の休日の過ごし方とか。彼女に休日なんてものがあるのかも知らないから、そこから尋ねてみたい。あるいは気に入っている小説の話をしてもいい。小説の話って、オレは好きなんだよ。多少は相手を理解できるように思う」

　秋山さんは首を傾げて、僕の顔を覗き込む。

「ちなみに、君が好きな本は？」

「なんだろう。なかなか、一冊を答えるのは難しいですね」

「考え込む必要はない。なんとなく思い浮かんだものでいい」

「じゃあ、『一〇〇万回生きたねこ』かな」

「あれは素晴らしい物語だね。君はどうして、『一〇〇万回生きたねこ』が好きなんだろう？」

「生まれて初めて、嬉しくて泣いた本だから。それと、フィクションを真実なら良いと思わせてくれた本だから」

「あの物語はハッピーエンドかな？」

「僕には判断がつきません。でも、そうですね。幸せな物語ではあると思います。だれもがあの物語のようなら嬉しいです」

「どう嬉しいんだろう？」

「泣くのは、自分の人生を生きているから。二度目の人生がないのは、だれだってきちんと泣いたことがあるから。もしそんな風に死ねたなら、とても幸せなんじゃないかと思います」

秋山さんは、なんだか嬉しげに笑う。こんなにも冷たい冬の空気の中で、春の光に目を細めるような表情だった。

「君は物事を、ずいぶん肯定的にとらえるんだね」

「そうでしょうか？」

僕は首を傾げる。

「どちらかといえば悲観的な考えだと、僕自身は思っています」

だって、きっと。

真辺由宇であれば、『一〇〇万回生きたねこ』を幸福な物語だとは考えない。あれで幸せだと思えるのは、たぶん僕にとって、生きることがより悲しいものにみえているからだ。

「いいじゃないか」

と秋山さんは言った。

「君はきっと、肯定的で悲観的なんだろうね。なかなかいい。少なくともその反対よりは、話していてずっと気持ちがいい」

「そうかもしれませんね」

僕は頷く。

確かにそうかもしれない。でも。胸の中だけで付け加える。

否定的な理想主義者の方が、僕にはずっと綺麗にみえる。一見する限りでは、そんなもの我儘の象徴みたいだけど。現代的な物語じゃあ、いかにも悪役に配置されそうだけど。

　本来、英雄とは否定的な理想主義者なのだと思う。理想のためになにかを否定するものなのだと思う。僕はそうはなれなくて、多くの人はきっとその立場を嫌っていて、でもそれじゃあ英雄は悪だというのだろうか。もしも古臭い物語の英雄が目の前に現れたとして、それを迷惑だと考えることは、とても現実的で、自然な発想で。けれど理想のための否定にさえ耳を傾けられないのであれば、すでに目の前にある問題を、いったい誰に否定させるのだろう。

　誰かが錆びついた英雄に石を投げたとして、きっと僕は、その誰かとは争わない。

　いえい。ピース。でも。

　あのとき、窓ガラスが割れる音が綺麗に聞こえたから、僕は彼女の隣で頭を下げたいと思ったのだ。もしも真辺由宇があの音を捨てたのなら、やっぱり僕は、胸が痛い。

「本当に魔女は、オレに電話をかけてくるのかな？」

　と、秋山さんは言った。

　僕は首を振る。

「わかりません。でも、なんとなく、彼女はそうするように思います」

「どうして？」

「魔女はとても優しいから」

「優しい？」

「疑問なんです。本当に魔女の魔法は、僕たちから自分の一部を引き抜いていくものなんでしょうか？　なんだか少し違うような気もします」

「でも確かにオレたちは、魔法にかかって、自分の一部を失った」

僕は首を振る。

「魔女に会う前から、僕はそれを捨てるつもりでしたよ」

「オレもそうだ。でも、魔女に会うまでは捨てられなかった」

「だとすればそれを、ごみ捨て場まで運んだのは僕たちではないかという気がします。魔女はただ回収しにきただけだと考えた方が、しっくりきます。ほら、たとえば、ぼろぼろのぬいぐるみが捨てられていたなら、それを思わず持ち帰ってしまう優しい子供みたいに。彼女は捨てる方よりも、捨てられる方を護るために、魔法を使うんじゃないかという気がします」

秋山さんは、しばらく黙り込んでいた。

なかなか理解が難しいことかもしれない。僕だってそう感じたのは、あの階段を訪れたことが原因だ。あそこで僕が捨てた僕に会って、ようやく思い当たった。

僕が捨てた人格が別の場所で暮らしているなんて、想像もしなかったことだ。捨てた人格の行く末なんてものを考えたことはなかったけれど、漠然とした印象では、ただそのまま消えてしまったのだろうという気でいた。

でも現実とは隔離された場所で、あの僕がまだ平穏に生活を続けているのなら、魔女はそれを保護したのではないだろうか。

秋山さんが捨てた彼の一部も、あの階段で生きているのだろうか。それはどちらかといえば喜ばしいことだと、僕は思う。かつての感情がただ消えてしまうよりは、どこかで保管されている方が、多少なりとも幸せだ。

けれど一方で、秋山さんに階段で起こったことを話すつもりはなかった。秋山さんも僕と同じように、あの階段を優しい場所だと捉えてくれる自信がなかったからだ。あるいは彼は、自分が捨てた自分の存在を知ってしまうと、その相手に対して罪悪感を抱くかもしれない。僕の余計な言葉で、彼にもうひとつ荷物を背負わせるのは馬鹿げている。

長い沈黙のあとで、秋山さんは頷く。

「うん。そうかもしれないね。オレもだんだん、魔女は優しいんじゃないかという気がしてきたよ」

「あくまで、僕の印象です」

「君の印象だとしても、オレが共感したのだから、それはオレの印象と変わらない。でも、とはいえちょっと真面目に考えなければならないね」

「魔女の電話のことですか？」

「うん。事前に教えてもらえて助かったよ。知らずに電話を受けていたら、慌ててしまって、まともなことはひとつも喋れなかったかもしれない」

秋山さんは缶コーヒーを飲み切って、ベンチから立ち上がり、それを自動販売機の隣のごみ箱に捨てた。

「七草くん。もう少し時間はあるかい？」

「ええ。今日の予定は、秋山さんとお話することだけです」

「じゃあ寒い中悪いんだけど、オレが喋るのを聞いていて欲しい。面倒なら返事もしなくていい。考えをまとめたくてね」

「いくらでも。実は、明日も予定はないんです」

「さすがに二日は長すぎる。三〇分もくれれば充分だ。なにか飲むか？」

「いえ。ありがとうございます」

秋山さんはまた、僕の隣に腰を下ろす。

「君はライナスの毛布を知ってるか？」

僕は頷く。

ライナスは、『ピーナッツ』の登場人物だ。チャーリー・ブラウンの友人で、たしか三姉弟の真ん中。少年野球のチームではセカンドを担当していたはずだ。顔はそら豆を想像させる輪郭で、いつもボーダーのシャツを着ている印象がある。冷静な性格で、知識量は年上であるチャーリー・ブラウンを凌ぐ。そしていつも毛布を引きずっている。ライナスの毛布――あるいはブランケット症候群の名前は、この少年に由来している。ライナスは幼いころから使っている毛布を手放すとひどく混乱してしまうのだ。彼のように、特定の物に寄りかかることで精神を安定させていることをそう呼ぶ。

「オレが捨てたものは、つまりライナスの毛布なんだよ」

と秋山さんは言った。

「もちろん実際には違う。捨てたのはあくまでオレの一部で、毛布みたいに手で触れられるものじゃない。でもね、オレはその自分に依存していた。それを手にしているあいだだけ、安心していられた。ペルソナと呼ばれるものに近いかもしれない。わかるかな？」

わかります、と僕は答える。

多弁な自分や、知的な自分や、露悪的な自分に寄りかかることで精神を安定させてコミュニケーションを取る知り合いが何人かいる。あるいは誰だってそんな側面を持っているのかもしれない。自分を護るために外側の自分を演じているのだと言い換えれば、それは一般的なことだ。僕だって。かつて悲観主義と呼んでいた人格によって、僕の心を保っていたのかもしれない。

秋山さんは続ける。

「本心では、今でもたまに、あの毛布が恋しくなる。古い、薄汚れた毛布だ。オレでなければ触りたくもないような。でも毛布を引きずって歩くのはもう嫌だという思いもある。オレが本当に魔女に尋ねたい質問はこうだよ。あの毛布はきちんと捨ててくれましたか？　灰と煙になって消え去りましたか？　彼女がイエスと答えるだけで、オレがあの毛布を諦める手助けになるかもしれない」

胸の中で、僕は考える。

もし秋山さんが捨てた人格が、あの階段にいるとして。

実際に、魔女にその質問をすれば、彼女はなんと答えるだろう？

イエスともノーとも言わないのではないかという気がする。でもこれは、魔女の返事の予想というよりは、僕であればそうするというだけのことかもしれない。真実が問題ではなくて、どちらで答えた方が秋山さんにとって心地の良い返答なのかわからなくて、きっと言葉を濁してしまうだろう。

「魔女から電話があったとき、オレはその質問をするだろうか。なかなか難しいところだけど、きっとしないように思う。さっき言ったように、捨てた人格について、いまさら魔女と話したいとは思わないんだ。それはオレひとりの問題で、本来なら魔女を巻き込むべきものではないから。そうか」

秋山さんはほほ笑む。彼の後ろにみえる空が寒々しい色をしているせいだろうか、僕にはその笑みが、なんだか悲しげにみえた。

「まず魔女に言うべき言葉は、感謝なんだろうね。魔法をかけてくれてありがとうございます、から入らないわけにはいかない。おかげでずいぶん助かりました、色々な問題が解決しました。こんな風に続けられたらいい」

彼の言葉があまりに正しくて、僕もつい笑う。秋山さんの目には、その笑顔が悲しく映らなければいいなと思う。

「嘘でも、そう言うんですか？」

「できるなら本心から言いたい。でも上手くいかなければ、嘘でもいい。オレは以前、正直でいるために嘘をついていたんだ」

「でもその秋山さんは、もう捨ててしまったんでしょう？」

「知ったことじゃない。捨てていようが、拾ってくるつもりがなかろうが、関係ない。新しいオレが、たまたま同じようにしたところで、誰かに文句を言われることでもない」

投げやりにも聞こえる口調だった秋山さんの言葉に、僕は一瞬、息をつまらせた。

「まったく、その通りですね」

かつて捨てたことに、過剰にとらわれる必要はないんだ。必要であれば、以前と同じように振る舞えばいい。同じではいけないところだけ変えればいい。言われてみればひどく当たり前だ。でも、思い当たらなかった。捨てた自分を本能的に避けていた。

魔女がくれるのはバージョンアップではなく、ただの削除で。あとに残るのは空白だけで。だからこそそこに新しく載せるものは、過去に囚われる必要がない。

秋山さんは、頭の中で推敲していたのだろうか、少し時間をおいて、それから頷く。

「これしかないという気がするな。感謝を伝えたら、次に、少しだけ雑談につき合ってくれませんかと言う。断られたら、もう一度ありがとうと伝えて電話を切る。もし許可してくれたなら、ふたりで好きな本の話をする。なんの問題もない」

「はい。素晴らしいと思います。本当に。もし僕にもまた魔女と話す機会があれば、ぜひ参考にさせてください」

秋山さんは、先ほどまでとは打って変わって、柔らかくほほ笑む。

「もちろん、好きにすればいい。なんなら本の話をするときのコツだって教えてやる」

「ぜひ聞きたいですね」

「まず、嫌いな本の話は決してしないこと。好きな本だけに話題を絞ること。それから、相手が挙げた小説を、自分も好きだと信じ込んで話すこと。読んでいなくてもいい。読めば絶対に好きになると思って話せばいい」

これだけで誰もが幸せになるんだよ、と秋山さんは言った。

彼の言葉はまったくの真実みたいに聞こえて、僕はひと呼吸のあいだだけ、たまらなく平和な世界に生きているような気がした。

＊

それから僕はしばらく、秋山さんが好きな本の話を聞いて過ごした。彼が挙げたタイトルは、僕の知らないものだったけれど、それでも楽しく話を聞くことができた。嘘ではなく、「読んでみます」と僕は言った。

やがてバスの時間が近づいて、ベンチの前で僕たちは別れた。魔女から電話があったら連絡するよ、と秋山さんは言った。

停留所に向かって歩いていると、前方から、見知った少女が近づいてくるのに気づいた。

安達。彼女はにんまり笑って、僕の前で足を止める。

「なんだか久しぶりだね。元気にしてた？」

仕方なく僕も立ち止まる。

「それなりに。君の方は？」

「問題なく。秋山さんに会ってたの？」

「うん。君は、どうしてここに？」

「ちょうど今日あたり、貴方が秋山さんを訪ねるんじゃないかと思って。一体、どんな話をしてたの？」

「本の話をするときのコツなんかを聞いたよ」

「魔女のことは？」

「もちろん、話した。でも秋山さんのプライバシーに関する内容だから、詳しくは説明できない」

安達は顎に手を当てて、なにかを考え込んでいる様子だった。でもそのあいだも、じっと僕の顔をみつめていた。

やがて彼女は、「わからないな」とつぶやく。

「なにがわからないの？」

「七草くんがついている嘘のこと」

「嘘？」

「うん。なにか私に、大きな嘘をついているんだと思う。あるいは隠し事をしているか。はっきりとした理由はないけど、そんな気がする」

僕はため息をつく。

たしかに、彼女に秘密にしていることはある。そしてそろそろ、その必要性もなくなりつつある。どこかで打ち明けた方が良いだろうとは思っていたのだ。彼女からそう指摘してくれたことは、都合が良いといえなくもない。

「実は、魔女に会ったんだ」

「ホントに？」

「うん。ごめんね、秘密にしていて」

安達にはどれだけ怒られても良いと思っていた。嫌われても、もう二度と顔を合わせることがなくても。元々、最後には僕が知っている魔女の情報を打ち明けて、それっきり会わないでいるつもりだった。

でも安達の反応は、僕の予想とはずいぶん違っていた。

彼女は嬉しそうに笑う。

「それはおめでとう。お祝いしよっか？　ショートケーキくらいならおごってあげるよ」

真意が読めなくて、僕は眉を寄せる。

「いや。もうけっこう前のことなんだ」

「そ。早く言ってくれればよかったのに」

「怒ってないの？」

「怒る？　どうして」

笑顔のままで、彼女は首を傾げてみせた。

「最初に会ったとき、言わなかったかな。私、嘘つきって好きだよ」

言われた気もする。はっきりとは覚えていないけれど。

――安達は、魔女に会ってなにを捨てようとしているんだろう？

以前考えていた疑問が、また胸に湧き上がった。

「近々、連絡するね。魔女のことを教えてよ」

それじゃ、と言い残して、彼女はまた歩き出した。停留所とは反対の方向だった。

僕はまたため息をつく。

より大きな秘密を抱えているのは彼女の方ではないか、という気がした。

魔女に会った僕からの話を聞くより先に、安達はなにをしようとしているのだろう。

2

僕が真辺由宇の自室に招かれたのは、一二月七日、月曜日のことだった。

彼女はどうやら、極めて重要な秘密について話そうとしているようだ。放課後の教室でも、人の少ない冬の公園でも、騒々しいファストフード店でもその話はできないらしい。

真辺由宇に案内されたのは、いつも彼女と別れる四つ角から大通りに出たところに建っている一二階建てのマンションだった。僕たちはエレベーターで一一階まで上り、通路の突き当りにある扉に入った。真辺は「ただいま」と言ったけれど、誰もいないのだろう、返事はない。仕方なく僕が「おかえり」と応えておいた。

玄関の先は廊下になっていて、突き当りにリビングがある。彼女の部屋はその手前だった。

東向きに窓がある六畳ほどの部屋で、ベッドと、学習机と、スチールラックが置かれている。学習机とスチールラックは以前の彼女の部屋でもみた覚えがあった。でもベッドは新しいものに変わっていた。左手の壁には大きなクローゼットが備えつけられている。ベッドが置かれている方の壁には、一〇〇〇ピースほどのサイズのジグソーパズルが二枚、白いプラスチック製の簡素な額に入れて飾られている。一方はピーターラビットがにんじんをかじっている有名なイラストで、もう一方はノーマン・ロックウェルの「渋滞」というタイトルの絵だ。後者は中学一年生の彼女の誕生日に、僕がプレゼントしたものだった。真辺は単純作業を好む傾向にあるからジグソーパズルにしてみたのだけど、彼女がその後の三年間で二度も引っ越しをするとわかっていたら、こんなにもかさばるものを贈ろうとはしなかっただろう。

真辺はベッドに腰を下ろして、僕は学習机の椅子に座る。

近い距離で向かい合い、僕はできるだけ詳細に、彼女の様子を観察した。彼女に欠けてしまったものがあるとするなら、それに気づきたいと思った。

「こういうときは、お茶を出した方がいいのかな？」

と真辺は言う。

「いいよ。もちろん相手によるけれど、僕に気遣いはいらない。君に丁寧に扱われても気持ちが悪い」

と僕は本心で答える。受け取り方によっては乱暴な言葉だけど、そこには少しの悪意もなかったし、真辺もすんなり頷く。彼女はそれから、いつも通りの感情的ではない表情で、ひとりの少年について説明した。

相原大地。小学二年生。算数が得意で、サッカーが好きな男の子。

身長は年相応で、どちらかといえば寡黙。でも意思は強い。知識が多いとか、語彙が豊富だといった感じはしないけれど、話していると頭が良いのがわかる。物事をきちんと自分の頭で考えているから、大人びて感じる。

「大地が私に話してくれたことがある。秘密にするという約束だった。でも、七草だけには話す許可をもらえた。私はできるだけ彼との約束を守りたいと思ってる。相手が誰だとしても約束は守るべきだけど、その中でも特別に」

僕は頷く。

「秘密を守るのは得意だよ。その少年のことは、本人が許可しない限り、誰にも話さない。約束する」

「うん。七草のことは信頼しているよ」

彼女はじっと僕の瞳をみつめている。

「本当に、信頼している。きみは約束を守ってくれる、という意味ではなくて、もっと強く。もし七草が約束を破るなら、きっとそうした方が正しいんだろうと思う」

「正しければ、約束を破ってもいいの？」

「難しいね」

真辺は首を傾げる。

「約束を破るのは、間違ってるから。だから満点ではないけど、でもただ守っているよりは正しいこともあると思う」

「真辺はいつも満点を探しているんだと思ってたよ」

「もちろん。でも後から考えて、絶対に正しかったことってまずない」

「君は理想が高いからね」

「低い理想なんてあるの？」

「どうだろう？　確かに辞書に載っている意味で考えれば、理想とは高いもののような気がするな。目標なら、低くてもいいんだろうけれど」

「理想と目標はまったく別の言葉だよ」

「確かに違う。でも、その違いを説明できる？」

「たぶん」

真辺は頷く。

「目標は、考えて作るものだよ。でも理想は考える前に生まれているものだよ。たまにみつけるのに時間がかかるけど、頭の中で作るものじゃない」

あってる？　と真辺は首を傾げる。

「あっているのかはわからない。でも、僕も似たように答える」

理想とは元々、プラトンが言うイデアの訳として生まれた言葉だと聞いたことがある。であれば理想は、作るものではない。人の目にはなかなか見えないだけで、初めからそこにあるものだ。

真辺はきっと、直観で先ほどの答えを出したのだろう。僕は頭を捻らなければ、あんな風には答えられない。でもここまでは、ふたりの考えは相反しない。違ってくるのはこの先だ。

僕は付け加える。

「あるいは、こう答える。目標というのは現実の一部として設定するけれど、理想は現実の対義語として存在する、と。相手が君でなければ、こちらで答える」

「どうして？」

「だって君は、理想を目標にするだろう？　そのふたつは別物だって知っているのに」

「うん。そうしたい」

「そんな君に、理想は現実の対義語だなんて主張する気にはなれない」

「それは七草が完璧主義だからだと思うけど」

「僕が？」

思わず、眉を寄せる。

「僕は諦めが良い方だと思ってたよ。いったい、どこが完璧主義なの？」

「だって目標は完璧に叶えようとするでしょ。だから高い目標は設定したがらないようにみえるけど」

なかなか興味深い話だ。

僕は、テストで一〇〇点を目指すのが完璧主義者だと思っていたけれど。例えば目標を八〇点だと設定したなら、それを必ず達成しようとするのも完璧主義者だと言えるのだろうか。いつか、寝つけない夜にでも辞書を引いてみよう。

「ま、僕のことはいい。そろそろ話を戻そうか」

僕と真辺由宇は、根本的に考え方が違う。

彼女はそれを達成する難しさを知っていながら、理想を目標として設定する。一方で僕は、現実的に達成可能だと思われることを目標にする。加えていうなら、それでもたいてい失敗する。

真辺は頷いた。

「私はきみを信頼している。きみの考え方が間違っているとも思わない。だけどお願い。もし大地との約束を破るなら、その前に、私には伝えて欲しい」

彼女は温度を持っているように強い視線で、じっと僕をみている。

僕も彼女の瞳を見返して頷く。

「わかった」

「本当に？」

「本当に。僕は、嘘は嫌いじゃないけれど、でも君を裏切ろうと思ったことは一度もないよ」

「うん。そうだね」

真辺は少しだけ笑った。

それから、ようやく、少年の秘密について話し始めた。

「八月二五日、私は大地に会った。そして引き算の魔女の噂を知った。七草、あの公園できみに再会した、すぐあとだよ」

もちろん覚えている。その日付は一〇年経っても思い出せる自信がある。

僕たちは二年ぶりに再会して、ひと月後にまた公園で会う約束をして、別れた。

あのあと真辺は、僕たちの小学校まで足を延ばしたそうだ。久しぶりにこの街に戻ってきたのだから、六年通った小学校をひと目みたいというのは、自然な発想のように思った。

そして僕たちの小学校の校庭で、相原大地に出会った。

グラウンドでは少年野球のチームが練習していたし、離れたところでサッカーをする子供たちもいた。でも大地の様子は、周囲とは明らかに違っていた。

「だれかを捜しているようだった」

と真辺は言った。

はぐれた友達か母親を捜しているのではないかと思った真辺は、大地に声をかけた。

確かに大地は人を捜していた。彼が捜していたのは、魔女だった。

僕は胸の中で首を傾げる。

たしかにあの小学校と引き算の魔女は、繋がっている可能性がある。小林さんが教えてくれた、掲示板の書き込みが理由だ。あの書き込みによると、魔女は僕たちの小学校で魔法をかける相手を待っていたみたいだ。

でも相原大地がそのことを知っていたと考えるのは、自然じゃない。書き込みがあったのは七年も前のことで、しかも文面に引き算の魔女という言葉は使われていない。あとから検索をかけてもそうそうみつかる記述ではないはずだ。

「大地はどうして、引き算の魔女の噂を知ったんだろう？」

と僕は尋ねてみる。

真辺は首を傾げる。

「誰かに教えてもらったらしいよ。詳しくは訊いてない。重要?」

「いや。少し気になっただけだ。それで?」

「あのとき、大地は私を魔女ではないかと思っていたみたい。なかなか話がかみ合わなかったけれど、私はそのとき、大地から引き算の魔女のことを聞いた」

「そしてその夜、僕にメールをした」

七草は引き算の魔女を知っていますか?

彼女のメールにはそう書かれていた。

真辺は頷く。

「七草はすぐに返事をくれたね」

「不思議なメールだったからね。二年ぶりに再会した友人からもらうにしては」

特別な返事をしたわけではない。

あの時点では僕は、引き算の魔女のことをなにも知らなかった。でも検索をかけてみると、すぐにいくつかヒットして、その噂の概要がわかった。だからそのまま返信した。

——今、調べて知ったよ。君は引き算の魔女を捜しているの?

たしかそんな風に書いたはずだ。

「でも君は、なかなか返事をくれなかった」

「どう答えていいのかわからなかったんだよ」

ようやく届いた返信は、今彼女が言ったことそのままだった。

どう答えていいのかわかりません、とだけあった。

あのとき、僕の方もずいぶん混乱していたことを覚えている。あまりに真辺由宇と、引き算の魔女の噂がかみ合わなかったから。真辺由宇が自分の一部を捨てたがっているだなんて、八月の僕には信じられなかったのだ。もう遅い時間だったこともあり、僕は適当な文章でおやすみと彼女に伝えた。彼女からもおやすみと返ってきた。

それから僕たちは、それぞれ引き算の魔女の噂を追いかけることになる。

「つまり君は、相原大地のために魔女を捜していたっていうこと？」

「初めはそう。少しずつ自分のためにもなっていったけれど」

「なんとなく違和感があるな。小学生が自分の一部を捨てようとするなんて、君は嫌いそうだけど」

「大地の話は、間違ったことには聞こえなかったから」

真辺由宇は一度、言葉を区切って、細く鋭く息を吐き出した。まったくそんな風にはみえなかったけれど、それはため息だったのかもしれない。

「大地の家庭は、複雑だよ。父親は滅多に家に帰ってこない。あの子は初め、仕事だって言っていたけれど、本当は両親が別居している印象だった。そして今は、母親との関係も上手くいっていない」

なるほど、と僕は頷く。

少年と母親のあいだにある具体的な問題については尋ねなかった。どれほど言葉で説明されても、事実とは違っているような気がしたから。真辺由宇が相原大地を守るべき対象だと考え、僕も同意できたなら、今の時点でそれ以上に理解する必要はない。

「大地はなにを捨てようとしたの？」

「とても難しい話だった。もしかしたらまだ、いくつか誤解しているのかもしれない。あくまで私はそう判断した、ということなんだけど」

「うん」

「あの子は、母親と仲直りしたかったんだと思う」

僕は首を傾げる。

「つまり、母親を嫌いな自分を捨てようとしたの？」

それは一見、とても綺麗なことに思える。

でも、言葉を選ばないなら、多少の気持ち悪さも感じた。

もちろん僕は大地と母親の関係を知らないから、口を挟むのもおかしな話だけれど、幼い子供が親を嫌う感情を持ったなら、それは簡単に丸めてごみ箱に放り込んで良い種類の問題ではないのではないか。

　真辺は首を振る。

「だとしたら私は、魔女を捜さなかったよ。大地が捨てようとしたものは、反対だった」

　彼女の言葉を上手く飲み込めなくて、僕は口をつぐむ。

反対。母親を嫌いな自分を捨てることの反対。

「大地が捨てたかったのは、母親を嫌えない自分だよ」

と、真辺由宇は言った。

ああ、確かに複雑だ。でも本質的には、きっと自然なことだ。

もし真辺の話がすべて真実だったなら、相原大地はとても頭の良い少年なんだろう。

自分の感情を客観的に、正確にみつめることができる少年なんだろう。そんなこと高校生の僕にも、なかなかできることじゃないのに。

「大地は、母親を嫌えなかったんだね」

「うん」

「でも一度、嫌いにならないと、正常な関係は築けないと知っていたんだね」

「きっと。あの子はそう考えたんだと、私は受け取っている」

　僕は小さく、息を吐き出す。

たとえば母親に嫌われている少年がいたとして。それでも少年の方は、母親を無条件に愛していたとして。そこで無条件の愛こそが問題なのだという発想に辿り着く小学二年生が、いったいどれほどいるだろう？　いったいどんな生活を送れば、そんな思考が生まれるだろう？

もちろんこの話は、真辺由宇のフィルターを通している。

彼女の言葉の中の相原大地は、あまりに真辺由宇的だ。

でも真辺の話が真実だったなら、確かに彼女は、大地に協力するだろう。小学二年生の少年が、愛することでは立ち止まらずに、その中身を正常化させることまで自分に課しているのであれば、さすがに少しくらい、魔法に頼って良い。そんなことさえ許されない世界は、まったく理想的ではない。

「だから、君は魔女を捜し始めたわけだ」

「うん。でも本当の目的は、大地の友達になることだったよ。あの子はなにを尋ねても、大丈夫だっていうの。さすがに私にだって、嘘だとわかった。だからできるだけ、信用できる友達になろうとした」

「納得したよ」

彼女は毎日のように、その少年に会いに行ったのだろう。だから文化祭の準備には出られなかったし、僕と会うのも夜になった。決して約束を破れないから、事情の説明はなにもしなかった。すべては相原大地の信頼を勝ち取るために。

それにしてももう少し上手いやり方があるだろう、と僕は思う。同時に、彼女のやり方がいちばん効率的なようにも思う。

「それで？　大地は魔法にかかったの？」

「うん。私と同じ日に」

「なら、彼は幸せになったのかな」

「時間はかかると思う。自分を捨てても、問題がみんな解決するわけじゃないから。これからもまだまだ、考えることも、勇気がいることもあるんだと思う」

「そうだろうね」

「魔女に会うまでよりは、いくらか気持ちが楽になったように、私にはみえるよ」

「順調なら、よかった」

「けれど、もうひとりの大地が生まれた」

真辺の眉に、力が入ったのがわかる。

「このあいだ、私が捨てた私から聞いたよ。捨てた人格が別のところで生活しているなんて、想像もしなかった。でも、魔女に会ったことで生まれた大地も放ってはおけない」

僕は頷く。

もうひとりの僕は、そちらの大地に出会ったのだろう。聡明な少年が、問題の根本だとして切り捨てた方の少年に。あの僕がなにを望んでいたのか、今ならはっきりとわかる。真辺由宇がなにを目標とするのかも、考えるまでもない。

「大地はもう一度、捨てた自分を拾わないといけない」

と、真辺は言った。

「ま、それを目標にするしかないだろうね」

なかなか厄介な目標だ。

魔女に会って、「やっぱり捨てたものを返してください」と頼めばいいわけではない。少年が純粋に母親を愛する、本来であれば間違っているはずのない感情を、本当に正しいものにしなければならない。とはいえ他人の家庭の事情に首を突っ込むのは、高校生の手に余る。児童相談所の知識を学んでおいた方が良いだろうか。

まずは真辺の目を通していない情報が欲しかった。

「僕も一度、大地に会ってみたいな。クリスマスパーティの招待状を出せば、受け取ってもらえると思う？」

「ケーキは好きだって言ってたけど」

真辺由宇は、ほんの小さなため息をついた。

どれほど小さくても、あの真辺の口から漏れたとしても、ため息にしかみえなかった。

「七草が会いたいって言ってることは、伝えておく」

彼女は普段通りに表情に乏しいけれど、なんだか少しだけ、口調が不満げに聞こえた。だとしても、なにが不満なのかはわからない。僕には想像できない理由で、彼女が不満を持つことは、これまでにも何度もあったけれど。その不満を直接口にしないのは珍しい。極めて珍しいことだ。

最後に、僕は尋ねる。

「ところで、真辺。君は捨てた自分を、また取り戻したのかな?」

彼女は首を振る。

「ううん。捨てたままだよ」

ほら、やっぱり。

もうひとりの僕は、目標を達成できなかったようだった。

＊

午後五時になるころにマンションを出ると、すでに日が暮れていた。

僕はスマートフォンを取り出して、魔女の番号にコールした。

けれど何度鳴らしても、やはり彼女は電話にでなかった。夜道で聞く呼び出しの音は気が滅入る。空き家の扉を叩き続けているような気分になる。コールが途切れながら繰り返し鳴るからいけないんだ、と僕は思う。雨の音のように、耳障りではない音量で、ずっと鳴り続けていてくれたならまだましなのに。

　次に僕は、秋山さんに電話をかけた。彼にはスムーズに通話が繋がった。

　小さな咳払いの次に聞こえた秋山さんの声は、顔を合わせて話したときよりも、いくぶん低く感じた。

「七草くん？」

「はい。こんばんは」

「君が電話をかけてくるとは思わなかったな」

「少しお願いしたいことがあって」

「へぇ」

「魔女からの電話は、もうありましたか？」

「いや。まだだよ」

「なら、もし電話があれば、彼女に伝言をお願いしたいんです」

「いいよ。待って、メモを取ろう」

　しばらく彼の言葉が途切れる。

　僕はスマートフォンを肩に挟んで、両手の指先をこすり合わせる。今朝、手袋をして家を出ればよかった。なぜだか僕は、手袋やマフラーのことをすぐに忘れてしまうのだ。

それで日が沈むと後悔することになる。

「お待たせ。どうぞ」

と秋山さんが言った。

「では、魔女にこう伝えてください」

僕は頭の中で考えていた言葉を口にする。

「相原大地のことで相談したいから、七草まで連絡をください。お待ちしています」

スマートフォンからはわずかに、ペンを走らせる音が聞こえた。

それから秋山さんは、僕が言った言葉を、一言一句違わずに反復する。言葉を区切るところまで同じだった。

「これでいいかい？」

「はい。ありがとうございます」

「相原大地っていうのは？」

「すみません。秘密にするように言われているんです」

秋山さんは軽く「わかった」と答えた。こちらの事情を、それほど気にしている様子もなかった。

やはり大した興味もなさそうに、彼は続ける。

「それにしても、相原という人はよほど重要な人物みたいだね」

「どういうことですか？」

「安達さんからも、似た伝言を頼まれた」

安達？

どうして、彼女が。

「相原大地に関する伝言ですか？」

「うん。知らなかったのか？」

「最近は連絡をとっていないんです。内容を訊いてもかまいませんか？」

「どうかな。秘密にしろとは言われていないけれど」

「もし問題があれば、僕の方から謝っておきます」

「問題はないと思うけどね。少し意外だな。君が他人の伝言なんてものを、知りたがるとは思わなかったよ」

「そうですね。まあ――」

安達と大地の繋がりが、まったくみえない。さすがに気になる。

言葉を選んで僕は答える。

「知らない相手でもないから、少し心配になっただけです。彼女はわりに無茶をします」

「たしかに、そうかもね。彼女の伝言はこうだよ」

秋山さんは言った。

「貴女のやり方では、相原大地は幸せにならない。会いに来てくれれば、理由を教えてあげるよ」

なんだ、それ。

安達は、いったいどこまで事情を知っているんだろう。

「他には？　彼女はなにか言っていませんでしたか？」

「いや。とくには聞いていないな」

ありがとうございます、と告げて、僕は電話を切った。

3

生れて始めて書いた、クリスマスパーティへの招待状は、結局送らなかった。

僕はクリスマス用のレターセットと赤や緑のペンを用意して、サンタクロースのイラストを二回描きなおし、文面だって真剣に考えた。けれど書き上げてすぐに、半分に折りたたんでごみ箱に放り込んでしまった。

面識のない高校生からクリスマスパーティに招待された小学二年生の気持ちを考えると、ネガティブな想像ばかりに現実味を感じたのだ。とはいえ相原大地に会うことを、諦めるつもりもなかった。返事で困らせるくらいなら、もっと強引にことを進めた方が気楽だと思った。

期末テストを終えて、冬休みが目前に迫った土曜日に、僕は大地が暮らすマンションに向かった。彼の住所は、あの階段で僕が捨てた僕から聞いて知っていた。

彼のマンションには、午前一〇時を少し過ぎたころに到着した。僕は自動販売機でホットミルクティを買い、それを飲みながら大地が現れるのを待った。

三〇分ほど経ったとき、マンションから、ひとりの少年が現れた。

整った顔立ちの、利発そうな少年だ。歳のわりに落ち着いてみえるのも、なかなか良い。もう何年かすれば女の子たちのあいだで話題になりそうだ。彼は両手をトレーナーのポケットに突っ込んで、ややうつむきがちに、足早に歩く。僕はミルクティの缶をごみ箱に捨てて、少年を追いかける。

「相原大地くん」

声を掛けると、少年は足を止めた。

彼はしばらくためらってから、ゆっくりと振り返る。

「だれ？」

「真辺由宇の友達だよ。七草っていうんだけど、聞いてない？」

大地は形の良い眉を、きゅっと寄せる。

「七草」

「君と話がしたいんだ。時間をもらえないかな?」

彼は少しだけ首を傾げた。

「約束があるから」

「知ってるよ。真辺と、公園で一一時。僕も誘われたんだ。もちろん君が許可してくれれば、ということだけど、一緒にバドミントンをしようってね。でも今日は風が強いし、まずは君とふたりで話をしたかった」

僕はポケットから、スマートフォンを取り出す。

「真辺には連絡を入れておくよ。少しくらい遅刻しても、彼女は気にしない」

実際に、彼女にメールを打った。大地と会っていること。それで彼は、約束に少し遅れるかもしれないということ。

送信ボタンを押すころに、彼は言った。

「なんの用なの?」

硬い声だ。警戒されるのは仕方がないけれど。

どうすればこの子の興味を惹けるだろう? 上手い方法も思い浮かばなかったから、考えていることをそのまま口にする。

「僕は小さなころから、わりとひねくれていたんだ。知らない大人が微笑みかけてくるのを、なんだか気持ち悪いと思っていた。その場しのぎな感じがしてね。僕はまだ高校生で、大人じゃない。でも君に比べれば、ずいぶん年上なのも間違いない。だからこんな風に言うのは、本当に気持ちが悪いと思っているんだけど、できれば君の力になりたい」

僕は一度、言葉を切る。

大地の表情に変化はない。

警戒心の強い小学生だったころの自分を思い出しながら、僕は続ける。

「いや。本音を言えば、君をどうにかしたいっていうことでもないな。僕は真辺が心配なんだよ。彼女は君の力になりたいと思っているし、そのためなら、きっとどんな無茶だってする。正直、彼女が君の両親のところに怒鳴り込んでいないことが不思議なくらいだ」

大地はようやく答えた。むっとしたような、一方で後ろ暗さが見え隠れするような、硬くて重い喋り方だった。

「約束したから」

「そう。どんな約束？」

「僕の話を、誰にもしないでって。お母さんにも、お父さんにも、先生にも」

「なるほど。助かったよ」

「なにが？」

「真辺はどんな問題でも解決しようとするけれど、でもすべての問題を解決できるわけじゃないから」

この少年との約束は、見事に真辺由宇のストッパーとして機能しているのだろう。それがなければ、彼女はあっさりと問題を解決していたかもしれない。あるいは問題を、さらに大きくしていたかもしれない。後者の可能性が高いように、僕は思う。

大地は年齢に似合わない、疲れた風な笑みを浮かべる。

「お母さんは、あんまり話を聞いてくれないんだ」

「高校生の話をきちんと聞いてくれる大人なんて、ほとんどいない」

「そうなの？」

「たぶんね。大人を相手に、きちんと話をしようとする高校生だってほとんどいないと思うけれど。そもそも会話が成立するなんてのは、ほとんど奇跡みたいなことじゃないかな」

大地は無言で、じっと考え込んでいるようだった。

僕は続ける。

「簡単に正解が確認できる会話だってある。僕が2たす3は、と尋ねて、君が5と答える。僕は正解という。これはきちんと伝わっている。リンゴを買ってきて、とか、ウクライナ憲法の第一一条の内容とか。こういう会話は、難しくない」

「ウクライナ？」

「ヨーロッパの国だよ。東にロシアがあり、西にポーランドやハンガリーなんかがある」

「難しいよ」

「難しいけど、難しくない。知識さえ増えれば理解できる言葉は、そのうちわかるようになるんだよ。僕だってウクライナの憲法のことはほとんどなにも知らない。でも丁寧に説明してもらえば、きっと理解できる。問題は個人的な価値観に関する話だ」

大地は丸い瞳で、しっかりと僕をみつめていた。

僕の言葉の意味を、なんとか理解しようとしているのだということがわかった。僕はもちろん、一般的な小学二年生には理解が難しい話をしているけれど、彼には会話を投げ出す様子がなかった。

「本当に大切なものを、ふいに壊したくなることがあるんだよ」

と僕は言う。

「どうして？」

と彼は尋ねる。

「大切なものがいつか壊れてしまうんだと思うと、怖くて、怖くて。ずっと怯えているくらいなら、今この時になくなって欲しいと思うんだ。わかる?」

しばらく考え込んだあとで、大地は首を振る。

「わからない」

「うん。わからなくていい。こんな話、すぐに忘れてしまっていい。でも、もし君が僕の話を五年後や一〇年後まで覚えていたなら、あるときふと納得できるかもしれない」

大地はやっぱり、しっかりと僕をみている。

僕の言葉をまだ、理解しようとしてくれている。

けれど、僕は首を振る。

「でもね、納得したと思っても、それは間違っているんだよ。必ずどこか、本当に僕が言いたいこととは、違った解釈をしているんだ。だってこれは、個人的な価値観に関する話だから。僕ではない君には、絶対に正しくは伝わらない言葉なんだよ」

大地はようやく、諦めたようだった。

細長く息を吐き出して、「難しい」とつぶやいた。

僕はほほ笑む。

「こんな風に説明することもできる。君がお母さんのことを大好きだと言っても、大嫌いだと言っても、その本当の意味は、誰にも理解できないんだ。僕にも、真辺にだってわからないんだよ」

大地は、また長いあいだ、考え込む。

それからほんの少しだけ頷く。

「うん。そうかな」

僕も頷く。

「だから、君の事情がわかるとは言えない。どれだけ話をきいても、きっと色々な誤解があるんだと思う。でもこれだけは約束できる。僕は君の事情を誤解しているんだということを、決して忘れないよ。だから君のことを、僕に教えてくれないか？」

僕が大地に語る言葉で、注意したことはひとつだけだった。

もし目の前にいるのがかつての僕なら、どんな風に話せば多少なりとも心を開いてくれるだろう、ということを考えただけだ。

大地がかつての僕に似ているとは思わない。どちらかといえば、似ていないところの方が多いだろう。それでも信用する人間は、だいたい同じなのではないかという気がした。

理由はない。

強いてあげるなら、この少年は真辺由宇の友人だ、ということくらいだ。

大地が「わかった」と頷いて、僕たちは並んで歩き出した。

真辺からは了解を告げる返信があった。

僕は、大地をきちんと待ち合わせの公園まで送り届けることと、そちらに向かう前にもう一度連絡を入れることを伝えた。野外でじっとしていると風邪をひいてしまうかもしれないから暖かいところで待っていて欲しい、とも付け加えておいた。

僕と大地はポケットに手を突っ込み、少しうつむいて、同じ歩幅で歩いた。なんとなく行き当った川辺に、赤いゴムチップで舗装された歩道があり、僕たちは下流に向かった。

僕はスピッツのチェリーを口笛で吹いてみた。この曲がヒットしたのは僕が生まれるよりも前のことらしいけれど、知らないあいだに覚えていた。大地が興味を示したから、歌詞を語って聞かせた。春をイメージさせるその歌は、薄い雲しか浮かんでいない冬の閑散とした空に似合っていた。冬に春のことを思うのは愚かなことだと、どこかの詩人が言った。冬には冬の美しさがあるのだから、と。でも冬に思う春には、春に思うそれとは違った価値があるはずだ。大地はチェリーの歌詞が気に入ったようだった。

僕たちは二〇分ほど、とりとめのない話をして歩いた。好きな食べ物や、最近の小学生の流行りや、友人のことなんか、答えやすい質問を選んで僕は尋ねた。真辺から聞いていた通り、大地はあまり喋らない子供だった。でもこちらの言葉の意味をきちんと考え、適確に答える理性を持っていた。

次に僕は、両親のことをいくつか尋ねてみた。でも大地は困った顔で「わからない」と答えるだけだった。――お母さんはどんな人なの？　わからない。お父さんはどんな人なの？　わからない。ふたりは君に、優しくしてくれる？　わからない。

大地はもっと違った言葉で、これらの質問に答えることもできるのだろう。そこに踏み込むのはまだ早いということなのだろう。

だから僕は質問を変える。

「君はきちんと、お母さんのことを嫌いになれたのかな？」

今度は、彼は頷いた。

「うん。お母さんのことは、嫌いだよ」

「どんな風に嫌いなの？」

わからない、と大地はまた言う。それから付け加える。

「でも、お母さんと話していると、苦しくなる」

「どんな風に苦しくなるの？」

「風邪をひいたときみたいに」

「喉がいたくなって、頭がぼんやりする」

「喉はいたくないけど」

うつむきがちな大地の表情を知りたくて、僕は背を丸めて首を折り曲げていた。でも彼の顔は、やはりよく見えなかった。

彼は言った。

「お母さんは、お父さんのことが嫌いなんだよ。たぶんお父さんが悪いんだ。でもそれで、よく僕が怒られる」

「そう。とても困るね」

「うん。とても困る」

「それで君は、どうするつもりなの？」

「どうしようかな」

「とても難しい問題だね。でも君には、なにか作戦があるんだろ？」

大地は僕の顔を見上げる。初めて手品をみたような、ぽかんとした顔だった。

「どうして、そう思うの？」

「だって大地は、いろんなことを秘密にするから」

僕は初め、彼の秘密主義的な側面は、母親への恐怖からきているのではないかと予想していた。もうこれ以上叱られないように、母親の機嫌が悪くならないように、色々なことにじっと耐えて黙り込んでいるのではないか、と。

でも話してみて、そうではないように感じた。きっとこの少年はもっとクールで、もっと勇気がある。秘密主義のヒーローみたいに、彼はすべてを自分ひとりで解決しようとしている。

「大地の作戦をこっそり教えてよ」

「秘密にしてくれる？」

「もちろん。誰にも言わない。大地がそうして欲しいなら、真辺にも言わない」

「うん。誰にも言わないで」

「わかった。僕だけの秘密にするから、教えてよ」

大地は頷く。

「僕は、手紙を書いているんだ」

「お母さんに？」

「うん。なかなか上手く書けない。でも話すよりは、簡単だと思う。いつか書きあがったら、僕は家出する」

「手紙を置いて家を出るんだね？」

「うん」

「どこにいくの？」

「秘密」

「でも決めてるんだ」

「うん」

「ずっとひとりで生きていくの？」

「それは無理だよ」

「じゃあ、どれくらい？」

「一週間くらいかな。わからないけど、お母さんが手紙を読んでくれるまでは、家にいない方がいいと思う」

彼の言う家出は、幼い子供が突発的に自立したくなるそれとは、やはり違っているように聞こえた。僕は小学二年生のころ、家出しようなんて考えを持てただろうか？　わからない。そんなことは思いつきもしなかったのかもしれないし、もしかしたらたまには考えていたのかもしれない。でも、少なくとも大地のように、母親に手紙を読ませる手段として――きっとその手紙の意味を正確に伝える手段として――家を出ようなんてことは考えなかった。

この少年は、年齢に対して明らかに成熟している。コミュニケーションに適した距離が、常に近ければいいというものではないと知っている。それは素晴らしいことだけど、幸福なことなのかは、僕には判断がつかない。

無理をして僕は笑う。

「ひとりきりだと、一週間でも大変だよ？」

「そうかな。準備すれば、大丈夫じゃないかな」

「どんな準備をしているの？」

「お金が、七五〇円ある。それからお菓子。ちょっとずつ溜めているんだ。もうすぐナップサックがいっぱいになる。水筒も持ってるし、懐中電灯もある」

「どこに泊まるの？」

「秘密。でも、眠れそうなところを教えてもらった」

「友達の家に泊めてもらうわけじゃないんだね」

「違うよ」

「誰に教えてもらったの？」

「それも、秘密」

「暖かい場所なのかな？」

「外よりは。お昼に行ってみたことがあるよ」

「素晴らしいね」

本当に。大人からみれば、きっと粗はいくらでもあるのだろう。でも小学二年生の知識と経験で、最善を選ぼうとしているのは感じられる。

「君なら確かに、一週間くらいなら家出できるかもしれない。一週間も家出できる小学二年生は、そうそういない」

「うん。頑張る」

「でも僕の考えでは、家を出るのはしばらく先にした方がいいね。冬の夜は寒すぎる。春になってからがいい」

大地はしばらく考え込んで、困った風に眉を寄せる。

「毛布を持っていけば、なんとかならないかな」

「難しいね。風邪をひいてしまうかもしれない。ずっとくしゃみをしていたら、すぐにみつかっちゃうよ」

「そっか」

「一週間とはいえ、ひとりで生きていくわけだからね。いちばんに考えないといけないのは健康だよ。わざわざ不利な時期を選ぶ必要はない」

川沿いの歩道は目の前で支流にぶつかり、そこで途切れてしまった。僕たちは道路へと下る階段をみつけて、真ん中あたりに座り込んだ。コンクリートの階段は冷え切っていて、ジーンズ越しに体温を奪っていく。

僕は大地に、寒くない？　と尋ねる。

大地は大丈夫と答える。

僕は彼の、素晴らしい計画に関する話を続ける。

「次は、君の手紙だね。書きあがったら、コピーをとっておいた方がいいかもしれない」

「どうして？」

「もしお母さんが捨ててしまったら困るだろ？」

「捨てられたら、仕方ないよ」

「でもその手紙が、役に立つときがくるかもしれない。君の家出が上手くいったとしても、一週間経てば家に帰るんでしょう？　そのときはかなりの大事になっているはずだよ」

「そうなの？」

「うん。小学生二年生が一週間も姿を消すっていうのは、大事件なんだよ。学校の先生も、警察も、君を捜している。君の命にかかわる問題だからね。大勢の大人たちが必死になる」

「迷惑かな？」

「もちろん。警察は公務員だから、国や県がお金を払っている。そのお金は税金から出ているから、言ってみれば国民みんなのお金が、君を捜すことに使われる」

「難しい。よくわからない」

「つまり君の家出は、国全体の問題になる。その辺りを歩いている大人たちみんなから少しずつ集めたお金を使って、君を捜索することになる。学校の先生とか、交番のお巡りさんだけじゃなくって、君が知らない大勢の人たちに迷惑がかかる」

「僕は捕まるの？」

「捕まりはしない。でも、ずいぶん叱られるかもしれない」

「叱られるだけなら、大丈夫だよ」

「君の方が大丈夫でも、叱る方だってずいぶん疲れるよ」

「本当に？」

「うん。君には経験がないかもしれないけれど、叱るのって、大変なんだよ。あまり気持ちの良いものじゃない。とてもエネルギーを使う」

僕は大地の家出を止めたいわけではなかった。

きっと多くの家出はコミュニケーションの破棄が目的なのだと思う。あるいは突発的な衝動か。でも大地は違う。母親と正常に理解し合うために、一度距離を取ろうとしている。結果が成功であれ、失敗であれ、その意思表示を頭から間違ったことだとは言いたくない。

でも注意深くやらなければ、大地の家出もその他と同じようにみえてしまうかもしれない。大地の問題ばかりが目について、本当の意図に気づかれないまま、安直に処理されてしまうのは、誰にとっても望むことではないはずだ。

「そこで重要なのが、君の手紙だよ。手紙がみんなの目に触れれば、いちいち君を叱る必要はなくなるかもしれない。もっと違った、気持ちの良い言葉で色々なことを解決できるかもしれない」

「手紙は、お母さんのほかには読んで欲しくないよ」

「うん。その気持ちはわかるよ」

僕はため息をつく。

本当に、なにもかもが大地の思い通りに進めばよいのだけれど。

「でも君の計画は、どうしても大勢の人を巻き込むんだよ。君とお母さんの問題だけではなくなってしまう」

「つまり、責任があるってこと？」

僕は首を振る。

「そうじゃない。君には、義務も責任もない。あるとすれば健康に、幸せに生きることくらいだよ。これは優しさや、正義感の話だ」

本当は違う。

この少年に優しさも、正義感も求めるつもりはない。

僕が話しているのは効率の話だけど、彼を説得できる言葉はこちらのような気がした。

「みんなを巻き込むのなら、きちんと事情を説明した方が、優しいし、正しい。でも君がいつでも優しい必要はない。少しくらい間違ってもいい。自由に選んでいいんだ。それでも、優しくて、正しい方が好きなら、最後には秘密を教えてあげた方がいい」

大地は長いあいだ、うつむいていた。

それから小さな声で、もう少し考えてみる、と答えた。

僕たちは真辺由宇と合流して、ガストでハンバーグを食べた。

それから三人で公園に移動して、バドミントンをして遊んだ。午前中には強く吹いていた風も、昼下がりから収まって、緩やかなラリーがずいぶん長く続いた。

真辺は大地の友人になることに徹しているようだった。彼の家庭の事情に踏み込んだ質問はしなかったし、僕と話した内容も、尋ねることはなかった。

帰り道、大地をマンションの前まで送り届けたあとで、僕は彼女に尋ねてみた。

「どうしてバドミントンなの？」

「大地がいちばん、楽しそうだったから」

「バドミントンが好きなんだ」

確かに公園の大地は無垢な少年にみえた。小学二年生にして家出の計画を真剣に考える、歳のわりに大人びた知性のようなものは彼の裏側に引っ込んでしまっていた。

でも真辺は首を振る。

「特別、バドミントンが好きなわけじゃないと思う。キャッチボールでも、バレーのトスでもいいんだと思う。みんなで協力できる遊びなら、安心しているようにみえる」

安心、と僕は反復する。

真辺は頷く。

「大地はきっと、勝負がつく遊びは嫌いなんだよ。いろいろとやってみたけど、なんだか勝つのを嫌がっているみたいだった」

「複雑な子だね」

「うん。そうだけど、でも」

困った風に、真辺は首を傾げる。

「本当は優しいだけだって気もする。複雑にみえるのは、こっちが複雑に考えているだけかもしれないよ」

なるほど、と僕は頷いた。

大地のことに関しては、きっと僕よりも真辺の方が、ずっと詳しいのだろう。

＊

その夜、魔女から電話があった。

どうやら秋山さんに頼んだ伝言は、きちんと魔女まで伝わったようだった。彼女は呆れた様子で言った。

「あまり気楽に連絡を取られても困ります」

「すみません。どうしても相原大地のことで、ご意見をうかがいたかったものですから」

「私に意見なんてものはありません」

電話の向こうで、魔女はため息をつく。

「彼を捨てたのは彼自身です。私の知ったことではありません」

「なら、大地がもう一度、自分を拾いたいといったなら、どうしますか？」

「好きにしてください」

「でも貴女が手伝ってくれなければ、大地は捨てた自分を取り戻せないのではないですか？」

「そうですね。なら、私の気分次第です」

「よかった」

僕は笑う。

「貴女は優しいから、きっと手を貸してくれるでしょう」

「いえ。魔女は我儘なものです」

「でも今夜だって、こうして電話をくれました」

「こんなのは、ただの気まぐれです」

とてもそうは思えない。

純粋に魔女が優しいのか、それとも他の事情があるのかはわからない。でも、どちらにせよ魔女は、自分の一部を捨てた僕たちを簡単には見捨てない。

「できれば大地がもう一度自分を拾いたくなったときに備えて、僕からの電話には注意を払うようにしてもらえると助かります」

「気が向けば、電話にでます。私に期待し過ぎないでください」

「じゃあ、こうしましょう。僕が次に、貴女に電話をかけるときは、大地に関する報告があるときだけにします。もう気軽に連絡を取ろうとはしません」

「それで？　だから電話に出ろというんですか？」

「いいえ。僕から貴女に、なにかを強制することはできません。それはわかっています。ただ無意味な着信ではないということだけ、お伝えしておきたいんです」

これだけ伝えておけば、彼女は誠実に対応してくれるだろう。僕からの着信を気にも留めないということはないだろう。

魔女はなにも答えなかった。

やはり呆れた口調で、「お話はそれだけですか？」と言った。

いいえと答えて、僕は尋ねる。

「捨てられた方の、大地の様子を教えてもらえませんか？」

「別に、普通ですよ。もうひとりの貴方や真辺由宇が、よく相手をしているようです。

ほかにも何人か、親しい人物がいます」

「寂しがってはいませんか？」

「それほどは」

「多少は、寂しがっている」

「どうでしょうね。私は彼ではないので、わかりません」

「そうですか。じゃあ、もうひとつだけ」

魔女と話をしたかった、最大の理由はもちろん大地だ。

でも同時に、もうひとつ気になっていることがあった。

「安達とは、話をしましたか？」

彼女も魔女に対して、伝言を残していた。

――貴女のやり方では、相原大地は幸せにならない。会いに来てくれれば、理由を教えてあげるよ。

なかなか不思議な伝言だ。これではまるで、魔女は大地を幸せにしたがっていて、安達はそのことを知っているようだ。彼女は魔女のことを、いったいどれだけ理解しているのだろう。

電話の向こうで、魔女はしばらく沈黙していた。

僕は続けて尋ねる。

「安達の目的はなんでしょう？　彼女はなにを、捨てたがっているんでしょう？　貴女なら知っていますよね？」

ようやく、魔女は言った。

でも彼女の言葉は、僕の疑問に対する答えではなかった。

「貴方が本当に知りたいのは、そんなことではないでしょう？」

どこか面白がっているような口調だ。でも一方で、僕の思い込みかもしれないけれど、彼女の声は強引に話題を変えたがっているようにも聞こえた。

「貴方が知りたいのは、真辺由宇が捨てたものではないのですか？」

思わず、僕は微笑む。

そんな言葉が反撃になると思っているのであれば、魔女は僕のことを、まったく誤解している。

「いいえ。それは僕が、一番知りたくないことです」

「強がる必要はありません」

「本当に。だってそれは、僕が自分で解き明かしたいことですから。誰かに答えを教えてもらうつもりはありません」

「なるほど。純情ですね」

それではおやすみなさい、と魔女は言った。

おやすみなさい、と僕は答えた。

電話が切れる。魔女はまるで、安達の話題を避けたようだった。

僕はため息をついて、ベッドに寝転がる。窓からは月がみえた。膨らみかけの半月が、周囲の薄い雲を照らしている。なんだか魔女に似合う空だ、という気がした。

4

安達と何度か連絡を取り合って、ようやく顔を合わせることができたのは、一二月二五日だった。そのクリスマスの当日は、でもイヴほどの盛り上がりはなく、昨夜から出てきた雲で街も陰りがちだった。

僕は安達と初めて顔を合わせた上島珈琲店《うえしまコーヒーてん》のカウンター席で、あの夏休み最後の日と同じように、彼女が現れるのを待っていた。違う点はいくつかある。窓の向こうを行きかう人々はしっかりとコートを着込んでおり、僕が注文した珈琲はホットだった。スマートフォンの操作にも、もうずいぶん慣れた。フリック入力だってスムーズだ。でも安達のことは、四か月近く経った今でもよくわからない。

安達が現れたのは、やはり約束の時間を少し過ぎたころだった。彼女はスモークサーモンのサンドウィッチとホットのミルク珈琲をトレイに載せて現れた。

「メリークリスマス」

と彼女は言った。

「メリークリスマス」

と僕は応えた。

安達は僕の隣に腰を下ろす。それから、あの日と同じように、トートバッグから取り出した充電ケーブルをコンセントに挿し、スマートフォンに繋ぐ。

「さて、七草くん。貴方はずいぶん、私に会いたがっていたようだけど、どうしたの？」

「君のことを考えていたら、いくつか気になることがあったからね。ぜひ教えてもらいたいと思って」

「サンドウィッチ食べてからでいいかな？　お昼、まだなの」

「もちろん。ごゆっくり」

安達はスモークサーモンのサンドウィッチを両手でつかんで、口元に運ぶ。でもそれに嚙みつく前に、ちらりとこちらに視線を向けた。

「食べるところを、じっと見ないでよ」

「ああ、ごめんね」

「暇なら話をしてて。私のなにが気になるのか」

「わかった」

僕は視線を、前方の窓ガラスに移す。そこにうっすらと、サンドウィッチに噛みつく安達が映り込んでいる。

「僕がまず考えたのは、君がどんな方法で魔女と連絡を取ろうとしているのか、ということだった。気になるところは他にもあるけれど、そこから考えるのがわかりやすそうだった。結果から言えば、君は魔女への伝言を秋山さんに頼んだ。それは初めから予定されていたことなんじゃないかという気がする。初めて秋山さんに会った日から、君は魔女が、彼にもう一度連絡することを望んでいた」

安達はなにも答えない。

落ち着いたペースで、サンドウィッチを齧り取っていく。

彼女の方をみないように注意して、続ける。

「僕が魔女に秋山さんのことを伝える。次に魔女が秋山さんに電話をかける。そして君の伝言が魔女に伝わる。そんな流れを想定していたんじゃないかな？　でも、だとすれば不思議なことがある」

僕は窓ガラスに映る安達をみつめていた。彼女は食べかけのサンドウィッチを皿に戻し、ミルク珈琲に息を吹きかけて、そっと口をつける。そのあいだ、彼女の表情に変化はなかった。

「単純に考えると、君の行動はひとつ余計なんだ。伝言を託す相手は僕でもよかったはずだ。もちろん僕を飛ばして、魔女が直接秋山さんに連絡することもあるだろう。だとしても、僕と秋山さんの両方に伝言を頼んだ方が、より確率が高まる」

どうして安達は、秋山さんだけに伝言を頼んだのだろう？

それは伝言の内容に、手がかりがあるように思う。

「君の伝言は、秋山さんに教えてもらったよ。メモを取っている」

僕はスマートフォンを開いて、彼女の伝言を読み上げる。――貴女のやり方では、相原大地は幸せにならない。会いに来てくれれば、理由を教えてあげるよ。

「なかなか印象的だね。それにたくさんの情報を含んでいる。少なくとも、はっきりとわかることがふたつ、予想できることがみっつある。はっきりわかる方からいこう。まず、君は大地を知っている。次に、魔女と大地に関係があると知っている」

これだけ喋って、僕はため息をついた。

なんだかひどく滑稽なことをしている気分になってきたのだ。ミステリの探偵がなかなか真相を発表しない理由がわかった気がした。こんなにも恥ずかしいことを平然と続けられる方がおかしい。

「疲れてきたから、端折っていい？」

と僕は尋ねる。

安達は小さく首を振る。

「だめ。なんか面白い」

「別に君を楽しませたいわけじゃないいんだけど」

「いいじゃない。クリスマスにこうして顔を合わせてるんだしさ。私の方もけっこう気を遣ってるんだから、もうちょっと頑張ってよ」

「いったい僕は、どんな風に気を遣われているんだろう？」

「たとえば、カウンターで注文するタイプのお店を選んだよ。ほら、貴方がコーヒー代を出した方がいいんじゃないか、みたいなことを悩まなくてもいいように」

「それは助かったよ。ありがとう」

「じゃあ次ね。予想できることが、少なくともみっつだっけ？」

促されて、僕はため息をつく。

仕方なく続けた。

「ひとつ目。君は相原大地と繫がりがあることを隠そうとした。だからあの伝言を、僕には頼めなかった。ふたつ目。君は魔女の目的を知っている。目的という言葉は、もしかしたら適切ではないのかもしれない。ともかく大地の幸せが、魔女との交渉材料になると思っている。みっつ目。魔女は君に連絡を取りたがらない、なんらかの事情がある。少なくとも君はそう予想している」

「最後のひとつがよくわからないかな」

「ただの予想だよ」

「でも理由はあるでしょ？」

「君の伝言が自然ではなかったから。なにも事情がないなら、魔女に交渉を持ちかけるような言い方をする必要なんてないんだ。捨てたい自分があるから私にも電話をかけてください、だけでいいはずだ」

「なるほど」

安達は頷いて、サンドウィッチの、最後の一欠けらを口の中に押し込む。それから、指先を紙ナプキンで拭った。

「それで？　貴方の予想ひとつひとつに、正解か不正解か答えていけばいいの？」

「そうしてくれると嬉しい。でも本当に知りたいのは、君と大地の関係だよ。あとのことは、話したくなければそれでいい」

安達の思惑が気になるのは、純粋な好奇心だけが理由だ。

彼女がなにを目的にしているとしても、魔女をどんな風に利用したがっているとしても、僕には関係のないことだ。でも大地が関わっているのなら、そこだけは放置できない。真辺由宇が気にしている、大地の問題さえ綺麗に片付けば、あとは僕の知ったことじゃない。

安達は、つまらなそうにスマートフォンを手に取る。

「貴方の疑問に答えたとして、私にはどんなメリットがあるのかな？」

「それが問題なんだ。なかなか良いものがみつからなくってね」

安達が僕に真実を話す理由なんて、ひとつもない。僕の方だって、魔女に会ったこと
さえ話さなかったのだ。僕たちは仲間じゃないし、友達でもない。

でも黙り込んでいるわけにもいかないから、僕は提案する。

「とても美味しいパンケーキのお店を知っているんだけど、そこでご馳走するというの
はどうだろう？」

安達は指先でスマートフォンを操作しながら、言った。

「なかなか魅力的な話だけど、ちょっと足りないかな」

「じゃあ、魔女の電話番号でどう？　なかなか希少だと思うよ」

「そんなの知ってるの？」

「うん。実際に彼女から電話があった番号だよ」

「でもどうせ、彼女は出てくれないんでしょ？」

「それはわからない。しつこくコールすれば、一度くらい繋がるかもしれない」

「いまいちかな。電話って苦手だし」

これくらいで頷いてくれればよかったのだけど、なかなか上手くいかないものだ。と

はいえ相手に許可を取らずに電話番号を教えるのは抵抗があるから、よかったといえばよかった。

「次が一応、本命なんだけど」

「うん。なに？」

「確実に魔女に会える方法、というのはどうかな？」

安達がスマートフォンから、ようやく顔を上げる。

「本当に？　確実に？」

「ちょっと大げさに言いすぎた。僕が思いついた中では、魔女に会える可能性がいちばん高い方法、くらいが正確だ」

「なるほど。興味はあるかな」

安達はしばらく、小さな顎に手を当てて、考え込んでいた。それから眼鏡に軽く触れて、位置を直して、言った。

「うん。その中じゃ、やっぱりパンケーキだね」

僕はつい、眉を寄せる。

「パンケーキ？」

「でもそれだけじゃ足りない。クリスマスプレゼントをつけてくれるなら、大地くんのことを教えてあげるよ」

「プレゼントって、なにを？」

「なににしようかな。そんなに高いものじゃなくていいよ。二〇〇〇円くらい。だめかな？」

「もちろん、問題ない」

どうにか頷く。

内心では混乱していた。安達の思惑がわからなくて。彼女はまるで僕を混乱させたがっているようだ。意図的にまったく無意味な受け答えをしているのではないか。

「そんなに悩まなくていいよ」

安達は笑う。

「クリスマスプレゼントって、やっぱりもらえたら嬉しいでしょ。友達にも自慢できるしね。理由はそれだけ。ほら、早くコーヒー飲んじゃってよ。プレゼントを選びにいこう」

息を吐き出して、言われた通り、コーヒーカップを手に取る。

確かに、悩む必要なんてない。僕は安達のことをなにも知らないけれど、それじゃあ一体、だれのことなら知っているというんだ。

一時間ほど街中を歩き回って、ようやく安達が選んだのは、エスニック雑貨屋の片隅でみつけたガラス玉のペンダントだった。ガラス玉は卵のような形をしていて、色むらのある深い青で、のぞき込むと中にはいくつもの小さな気泡が入っている。一八六〇円。店員によると、宇宙をイメージしたものだろう、とのことだった。

まだクリスマス用の包装ができるとのことだったから、僕はそのペンダントを、赤いリボンのついた緑色の紙袋に入れてもらった。そうすると一八六〇円で模倣された宇宙は、たしかにクリスマスプレゼントらしくみえた。

「メリークリスマス」

僕はペンダントを安達に渡す。

「ありがとう。メリークリスマス」

安達は金色のシールで留められたばかりの包装をすぐに開いて、ペンダントを首にかける。紙袋は綺麗に折り畳み、トートバッグにしまう。

それから僕たちは、話していた通りにパンケーキの店に向かった。クラスで美味しいと評判になっていた店だ。場所も名前もあやふやだったけれど、五組ほどの行列ができている店があったから、おそらくここだろうとあたりをつけた。

パンケーキはシンプルな見た目だった。ホイップクリームやフルーツの装飾はなく、白く小さなハニーポットだけが添えられていた。ナイフを刺すと、バターで焼かれた表面がさくりと切れる。中はとろけるように柔らかだ。一般的なパンケーキよりはフレンチトーストに似た味がした。

安達はそのパンケーキが気に入ったようだった。いつになく純粋な笑顔で、「美味しいね」と彼女は言った。それから大地のことを話してくれた。

安達が大地に出会ったのは、まったくの偶然だったそうだ。八月のある日、公園のベンチに座り込んでいる大地をみつけた。まるで忘れられたぬいぐるみみたいに心細そうにみえた、と安達は言った。だからつい声をかけた。そして彼に、引き算の魔女の話をした。

僕は尋ねる。

「小学校の校庭に魔女が現れるって教えたのも、君かな?」

安達は頷く。

「魔女のことを調べていて、みつかった噂のひとつだよ。小さな子供には、小学校がちょうどいいと思ったから」

「それで? どうして大地が、魔女に会ったことを知っていたの?」

「そのあとも何度かみかけて、話をしたから。たぶん家が近所なんだと思う」

実のところ、僕は大地にも、安達との関係を尋ねていた。

彼から聞いた話と、安達の話は矛盾しない。彼女はわかりやすい嘘はついていない。

一方で真実のすべてを話しているとも思えなかった。

安達は肩をすくめてみせる。

「つまらない話でごめんね。よければ、このパンケーキは私が出すよ」

僕は首を振る。

「まだ、もうひとつ訊きたいことがある」

「なに？」

「どうして君は、大地に引き算の魔女の話をしたの？」

「もちろん、なにか悩んでいるみたいだったからだよ」

「それだけ？」

「うん」

「なんだか違和感があるな。小学生が悩んでいたとして、それで、人格を引いてくれる魔女の話なんてするかな」

小さな子供と引き算の魔女の噂は、やっぱりミスマッチだ。自分を捨てるとか、引き抜くとか。そういう話に関わるのは、もう少し成長してからでいい。

安達は、シロップまみれにしたパンケーキの一欠けらを口に運んで、くすりと笑う。

「私は貴方より、引き算の魔女に肯定的だから」

やっぱりここは私が払うよ、と安達は言った。

いや、約束だから、と僕は答えた。

交渉の材料になるだけの話ができないから、彼女はパンケーキを選んだのだろうか。
そういう風に納得することも、できなくはない。でもやはりなんだか違和感がある。
僕たちは互いになかなか譲らず、パンケーキは結局、割り勘になった。

五話、ハンカチ

1

年が明けた。

温かな毛布に包まってうとうとしているあいだに、冬休みも終わってしまった。

三学期の最初の土曜日に、僕はコートを着て、マフラーを巻き、新品の手袋をつけて小学校の鉄棒の前で女の子を待っていた。手袋はクリスマスに真辺《まなべ》がくれたものだ。柔らかな革製で、濃紺だけど親指の内側だけはアイボリーになっている。その手袋は、僕には少しだけ大きかった。再来年くらいには、この手袋がぴったりとあうようになっていれば嬉しい。

校庭には、僕のほかにはだれもいなかった。

真冬の冷え切った鉄棒を素手でつかむ気にも、手袋をはめたまま逆上がりする気にもなれなくて、僕は薄い雲でぼやけた空を眺めていた。やがて吉野《よしの》が現れた。約束の時間まではまだ五分ほどあるけれど、彼女は白い息を吐きながら走ってきた。

「お待たせ。それと、明けましておめでとうございます」

「おめでとうございます。そんなに待ってないよ」

「ならよかった。その手袋、恰好いいね」

「ありがとう。君のコートとマフラーも良く似合っている」

水色のコートと、薄いイエローのマフラー。そのパステルカラーの組み合わせは優しくみえた。冬の真昼のひなたみたいだった。

吉野はなんだか恥ずかしそうに笑う。

「それで？　真辺さんの秘密は、わかったの？」

今日はその話をするために、彼女を呼び出したのだ。

「わかったよ。彼女の方から話してくれた」

嘘だ。本当はまだ、半分わからない。いや、それは半分ではないのかもしれない。八割も九割もわからないのかもしれない。真辺が文化祭の準備を休みがちだった理由には納得がいったけれど、それでも彼女はまだ、僕に対しての秘密を持っている。

僕は続ける。

「わかったけれど、秘密にして欲しいと言われている。わざわざこんなに寒い日に呼び出して申し訳ないんだけど、僕もその秘密を守りたいと思っている」

吉野は頷く。

「ともかく、七草《ななくさ》くんも納得する理由があったんだよね？」

「うん。真辺はある人と秘密の約束をして、それを守っていた。今もまだ守っている。間違ったことではないと、僕は思う」

でも一方で、吉野にはある程度、事情を説明したいという思いもあった。真辺由宇《ゆう》に好意を持ち、彼女の友人になりたい奇特なクラスメイトを、できるなら大切にしたかった。

「だから、僕はこれから作り話をするよ。みんなでたらめだけど、半分くらい信じてくれると嬉しい」

「八割くらい信じるよ」

「それはなかなかのプレッシャーだね。上手く物語を考えないといけない」

僕は鉄棒の支柱に腰を乗せて、腕を組んだ。

それから、考えながら話し始めた。

「真辺が文化祭の準備を休んでいたのは、ある小さな女の子に会うためだよ」

「女の子？」

「小学校の、二年生か、三年生か。その子はもう長いあいだ入院している。生まれつき難しい病気を抱えているんだ。心臓が弱くてあまり自由に動き回れないし、急に病状が悪化するかもしれないから病院のベッドを離れるわけにもいかない。学校にもほとんど通えないから、友達もいない」

「可愛そうだね」

「とても。それにもうひとつ、彼女には悲しい事情がある。どうやら母親が、その子のことをあまりよく思っていないみたいなんだ。なぜそんなことになってしまったのか僕は知らない。自分の子供にあまり興味がない人なのかもしれないし、長い看病に疲れてしまったのかもしれない。どうやら両親は離婚しているようだから、そこに理由があるのかもしれない」

「お父さんは？　お見舞いにこないの？」

「ほとんど顔をみせないみたいだよ。真辺は夏に風邪をこじらせていった病院で、偶然、その女の子に出会い、友達になることに決めた」

「それで学校が終わると、毎日お見舞いに行ってるんだ」

「小さな子供には話し相手が必要だと思ったんだよ。ふたりは少しずつ仲良くなっていった。でも女の子は、自分のことを、ほかの誰にも話さないで欲しいと頼んだ」

「どうして？」

「たぶん、お母さんと仲が悪いことを、誰にも知られたくなかったんだよ。僕も一度、顔を合わせて話をしたことがある。とても優しくて、頭の良い子供だった。こんな話を聞かされたらだれだって、彼女の両親を悪者にしてしまうだろ？　あの子はそれがわかっていて、そんな風に思われるのが嫌だったんじゃないかな」

吉野は真剣な表情で、頷く。

「本当に、優しい子なんだね。なんだか泣きたくなる」

「作り話だけどね」

「でも、全部信じるよ」

「そうしてくれると嬉しい。ついでにある小さな子供の優しさのために、みんな秘密にしてくれるともっと嬉しい」

「うん。秘密を守るのは得意だよ」

彼女は本当に泣き出しそうに、笑う。

その顔をみて僕も笑う。僕の知人には何人かの優しい人がいる。それはとても幸福で、有り難いことだと思う。

「ピース」

と、僕は言ってみた。

「君はまだ、そう呼ばれているの？」

彼女は首を振る。

「ううん。同じ中学からうちの高校に進んだ子は、ほとんどいないから」

「なんだか残念だね」

「私も残念だよ。気に入ってたんだ」

「うん。とてもよく似合っている。きっと一万羽の白い鳩をピースと呼ぶよりも、君の方が似合っている」

　吉野は両目を力強くこすって、口元でほほ笑む。

「どうして私のあだ名がピースになったのか、覚えてる?」

「もしかしたら、どこかの偉い王様が、君を平和の象徴にすることに決めたのかもしれない」

「うん。だいたい合ってる」

　彼女は楽しげに頷いた。

　それから、少しだけ潜めた声で言った。

「これは作り話じゃないんだけど。実は私、小学生のころ、心無い男の子たちから牛と呼ばれていたのです」

「素敵な童話の書き出しみたいだ」

「今となってはね。でも小学生の女の子としては、牛っていうのはちょっと嫌だった。あんまり良いイメージないしね。それでむっとしたり、悲しんだりしていたんだけど、あるときあるところで王様が言ったのです。牛はとても素晴らしい。みんなの役に立っているし、草原にいる姿は平和的だし、それに蹄の形はピースサインみたいだ、って」

「戦争が嫌いな王様だったんだろうね」

「本当はクラスメイトの男の子だったんだけど。ともかくそれから、私はピースサインが大好きになりました。牛って言われても、いえい、ピース、ってね。そうしたらやがて、みんな私のことを、ピースと呼ぶようになったのです」

めでたしめでたし、と彼女は言った。

僕は音を立てずに拍手をするふりをした。

世の中の問題が、みんなこんなにも平和的な方法で、綺麗に解決すればいいのに。でも相原大地の問題は、それはつまり真辺由宇の問題は、ピースサインだけでどうにかなるものではないのだろう。

僕はなんだか、逆上がりがしたくなった。

でもやはり手袋を脱ぐ気にはなれなくて、仕方なく雲を見上げていた。

＊

一月はそのまま、取り立てて語ることがないまま過ぎていった。

僕は何度か真辺に会い、大地《だいち》に会った。安達《あだち》とはたまにメールの交換を続けていた。

どれも確実に、僕の日常の一部になりつつあった。

真辺由宇はしばしば、思い詰めた目で僕をみた。

彼女の内心の葛藤は、理解できているつもりでいる。真辺は現実の大地と、あの階段にいる捨てられた大地の幸せを、同時に考えているのだろう。

大地の問題は、周囲が急かすことではない。じっくり、ゆっくり、巨大な岩を削るように進めていく必要がある。だから真辺は、もうひとりの大地のことを、彼にはまだ話してはいなかった。一方で階段に捨てられた大地のことを考えると、現実側の問題は、できるだけ早く解決するべきだ。いつまでも幼い少年の一部が捨てられたままでいるなんて、真辺に許せることではない。

ふたりの大地の正解は矛盾している。

どちらかを選ぶと、もう一方が大きく割を食うことになる。

きっと真辺由宇はまったく別の正解を探している。それが確かにあるはずなのだと信じている。でも彼女にも、もちろん僕にも、本物の正解はみつけられないでいる。

僕たちは重苦しい停滞の中にいた。時間ばかりが流れていった。いや、そう思っていたけれど、違ったのだ。

事態はひっそりと、だが確実に変化していた。

そしてそれが表面化したのは、二月一〇日、午後八時のことだった。

2

その時、僕はベッドに寝転がり、文庫本にしてはぶ厚いミステリ小説を読んでいた。昨日の夜に読み始めたものだ。少し冗長な登場人物と舞台の説明を乗り越えて、スリリングな殺人事件と違和感のあるいくつかの描写に惹かれてページをめくり続けて、ようやく探偵が謎の真相に辿り着いた。だが読者にはまだなにも明かされていない。これからいよいよすべてが語られる、もっとも意識を逸らせたくない最適なタイミングで、スマートフォンが震える音が聞こえた。

僕はため息をつき、本のページをひらいたまま枕元に伏せて、身体を起こす。いつもスマートフォンを放り出している学習机に視線を向けたけれど、そこにあるのは充電ケーブルだけで、少し考えて、椅子にかけていた制服のズボンからようやくそれをみつけだす。そのあいだもスマートフォンは音をたてて震え続けていた。

モニターに表示されているのは、真辺由宇の名前だった。僕は応答とある表示をスライドさせる。彼女からは何通かのメールをもらっていたが、電話はこれが初めてだ。

なんだか嫌な予感がした。

僕はスマートフォンを耳に当てる。

「どうしたの？　君から電話なんて、珍しい」

彼女の声は硬く聞こえた。

いつだってシリアスなその音が、電話越しでは際立つようだった。

「大地がいなくなった」

と、彼女は言った。

僕は一瞬、混乱する。あの少年が姿を消すとすれば、それはもう少し暖かくなってからのことだと思っていた。春休みか、あるいはゴールデンウィークか。そういった長期休暇を狙うだろうと予想していた。

大地に、今すぐ計画を進めなければならない事情が生まれたのだろうか？

ほんの一瞬、息をとめて、僕は混乱を飲み込む。それから努めて遅い口調で言った。

「落ち着いて。なにも問題はない。みんな予定通りだよ。君が慌てる必要はない」

電話の向こうで、真辺が大きく呼吸したのがわかった。吸って、吐く。その音が聞こえた。

「予定通り？」

「彼は一時的に、家を出る計画を立てていたんだよ。僕はそのことを聞いていた。でも、秘密にすると約束したから、君にも話せなかった。僕の目からみて、大地の計画は間違ったものじゃない。僕は大地を止めるつもりはない」

「でも」

真辺の声は鋭く尖っている。

「こんなにも寒い夜に、あの子はひとりでどこにいるの？」

まったくだ。

大地は春になるまで行動を起こさないと思っていた。そうするように話をしたし、彼の様子は、注意深く見守っているつもりだった。最後に彼に会ったのは一昨日のことだ。あのときの大地は、これまでと違った様子はなかった。いつだって僕の予定は、どこかで破綻する。

「話を聞いてくれ」

と、僕は言った。

「大地が家を出たのは、母親に考える時間を与えるためだよ。大地は母親に宛てた手紙を書いていた。内容は知らない。でも頭の良い子だ。しっかり考えて、正確に思いを書いたはずだ。でも母親が手紙を読んだとき、目の前に自分がいたなら、物事が正しく進まないと大地は考えたんだ。不必要に母親の感情を刺激したくなかったんだ。だから手紙を残して、大地はしばらく家を出ることにした。適切な期間を置いて、彼は戻ってくる」

真辺はひと言の疑問も挟まず、僕の話を聞いていた。

僕は喋り疲れて、深く息を吐き出して、尋ねた。

「それでも君は、大地を連れ戻すのか？」

真辺に迷いはない。

「そんなことはわからない。でも、捜す」

僕は思わず微笑む。

これが真辺由宇の声だ。力強くて、切実で、鋭利で、脆い。ほかの誰より綺麗な、否定する理想主義者の声だ。

「ねぇ、七草。そんなことはどうでもいい。あとで考えるよ。小さな子がいなくなったなら、私は全力で捜す」

僕はため息をついた。

胸の中のもやもやとしたものを、一息に吐き出した。

「良い方法がある」

「私はどうすればいいの？」

「すぐに会おう。今は、家？」

「ううん。駅」

「なら、一五分後に駅前で会おう。着いたら連絡するよ。問題ない？」

「わかった。問題ない」

真辺は僕の考えている方法について、なにも尋ねなかった。

当たり前だ、と思った。彼女は今この瞬間、僕を信じることに決めたのだ。なら相原大地をみつけ出すところまでは、僕の仕事だ。

ありがとう、とだけ言い残して、彼女は電話を切った。二年前ならその言葉さえなかったのかもしれない。彼女も変化している。成長か、そうでないかは別にして。

僕はベッドに伏せていた文庫本を手に取り、読みかけのページに栞を挟んで、閉じた。探偵が真相を語るのは、どうやらもう少し先になるようだ。

それからまた、スマートフォンを手に取って、メールを書く。宛て先は安達だ。できれば直接話をしたかったが、電話番号は知らない。

文面は決まっていた。


手を組もう。今度は本当に。

相原大地の居場所を教えてくれ。

僕は魔女に連絡を取る。

＊

家を出ると、夜がいつもより暗く感じた。

それが気のせいだということは、もちろんわかっていた。夜道には月よりも明るいものがいくつもあった。街灯は僕の影をアスファルトに押しつけている。視線を上げるとマンションに並んだ窓から人工的なオレンジ色の照明が漏れている。さらに上空では、駅前のビルや看板の光が雲まで届き、その輪郭を切り取っている。すれ違う自動車のヘッドライトは眩しすぎるから、わざわざうつむいてさえいた。僕の身の周りにある夜は、吐いた息の白さまでわかるくらいに明るい。なのに。

まるであの閑散とした階段に立っているようだ、と僕は思う。古びた蛍光灯が長い距離を空けて並ぶだけの、足元さえ不確かな階段を進むようだ。それでも上ると決めてしまったなら、両足を動かし続けるしかないのだということまで似ていた。僕は寒さに背を丸めて、足元に視線を落として、まるで階段を上るように平坦な道を歩く。

途中、ポケットの中のスマートフォンが震える。メールが届いたようだった。僕はそれを確認するために、右手の手袋を外す必要があった。真冬の夜はスマートフォンさえ冷え切っていて、世界と繋がるのも億劫にさせる。

メールは安達からだった。

そこには僕が望んだ情報が書かれていた。

一方で、このメールを手に入れるために、僕が支払ったものは不明瞭だ。少なくとも、パンケーキとガラス玉のペンダントではない。得体のしれない契約書に、僕はサインをした。

駅前で、僕は真辺に電話をかけようとした。でもその必要はなかった。彼女の方が先に僕をみつけて、真剣な表情で駆け寄ってきた。

僕は内心の不安を押し隠して、笑う。

「行こう。大地の居場所がわかった」

足を止める必要もなかった。真辺は頷いて、隣に並ぶ。

「遠いの？」

「電車に乗ればすぐだよ。三〇分もあれば着く」

「わかった」

真辺の歩調は速い。今にも駆け出しそうだった。僕がいなければきっと、本当に走り出していたのだと思う。

僕たちは会話もなく改札を通り、電車に乗り込んだ。人の多い、狭苦しい車内でどうにか向かい合って、尋ねる。

「ひとつ、疑問があるんだけど」

「なに？」

「どうして君は、大地の家出を知っていたの？」

「大地から電話があったんだよ」

「家を出るって？」

「違う。大地は魔女に会いたがっていた。どうすれば会えるのか教えてって、あの子は言ってた。でも、私にもわからなかった」

「それで？」

「それだけだよ。でも、なんだか様子がおかしいような気がして。すぐにあの子のマンションに行ってみた。それで、行方がわからなくなったことを知った」

「なるほど」

電車が揺れて、真辺がバランスを崩す。僕は彼女の肩に手を伸ばそうとした。でも彼女は自力で踏みとどまり、吊革をつかんだ。その影響で、先ほどまでよりも七センチほど縮まった距離で、彼女は言った。

「七草には、本当に感謝してる。きみならすぐに大地をみつけ出すんじゃないかと思ってた。でも想像よりも、ずっと早かった。まるで魔法を使ったみたい」

そうじゃない。

魔法を使ったのは、僕ではないのだ。そして使われた魔法は、大地のためのものでも、真辺のためのものでもない。みんな、安達が望んだ魔法を成功させるための、生贄みたいなものなのだろう。

そして僕は彼女の魔法に加担しなければならないところまで追い込まれている。強引に逆らえばどうにかなるのかもしれないけれど、そんな勇気は持っていない。ファンタジーじゃよくある話だ。魔法の儀式は、途中で無理に中断しようとすると暴走してしまう。なら役割をまっとうしよう。魔女のいいなりになってため息ばかりついている、小心者のカラスみたいに。

僕は首を傾げてみせる。

「大地に会ったら、なんて声をかけるの？」

「言いたいことはあるよ。でも、顔を合わせてみないとわからない」

「大地に、なんて言いたいの？」

「暖かなところで眠るように。健康的な食事をするように。清潔な服を着るように。なんならうちに来てもいい。お父さんの許可がいるけれど、数日ならどうにかなると思う」

幼い少年の家出を手助けするようなことをして、問題にならないだろうか。注意深く進めた方がよさそうだ。とはいえ真辺が言う通り、子供の健康をないがしろにはできない。風邪だってこじらせれば命に関わる病気にもなる。

考え込んでいると、真辺は続けた。

「それから、大地のお母さんに会う許可をもらうよ。大地の話をする許可を」

僕は頷く。

「うん。結局、それしかないだろうね」

「大地は、許可してくれるかな？」

「嫌がるだろうね。彼は優しいから、君だって巻き込みたくないはずだ」

「でも、説得してみるよ」

「うん。頭の良い子だ。話はできる」

大地の母親との対話は、避けて通れることじゃなさそうだ。けれど平穏な話し合いになるとも思えない。

なにか上手い方法はあるだろうか？　相手の話を聞いてみなければ考えようもないけれど、それでも直接顔を合わせる前に、できるだけ頭を捻っておきたい。僕たちは今回の問題に対して、明確な立場さえ持っていないのだ。大地の友人。彼が秘密を打ち明けた高校生。善意の第三者。どれであれ、真辺にしてみれば問題を自分のことのように扱うのに充分な理由だろうが、相手も同じように考えてくれるとは限らない。

「七草は？　大地と、なにを話すの？」

「どうしようかな。なにも話さないかもしれない」

真辺は首を傾げた。

彼女の瞳をみて、僕は笑う。

「僕の仕事は、君を大地のところまで連れていくことだよ。あとは任せる」

僕には僕の役割があり、真辺には真辺の役割がある。いや、本当は、役割なんてものではないのだろう。もっと純粋で感情的な名前がふさわしいのだろう。でも僕には、その名前がわからない。

電車は時刻表の通りに進む。僕は窓に視線を向けた。けれど結局、そのガラスに映った真辺由宇ばかりをみていた。

3

目的のアパートは駅から歩いて一五分ほどの位置にあった。

四階建ての古いアパートだ。照明は暗く、重苦しい。なにか、ずいぶん昔の大きな失敗を未だに悔やみ続けているようでもある。入り口からエレベーターまでの短い通路には、滑り止めがついた灰色のタイルが敷き詰められているが、それは泥で汚れ、郵便受けからあふれた広告が散らばり、外のアスファルトよりもいくらか不衛生にみえた。右脇には一台だけ、ハンドルが奇妙に曲がった古い型の自転車が首を傾げていて、かごには口を縛ったレジ袋が突っ込まれている。中身はわからない。泥の塊がでてきてもおかしくはなかった。

入り口にはささやかな表札で、その建物の名前が出ていた。古森コーポ。安達から送られてきた住所に載っていたものと、同じ名前だ。

　僕はエレベーターのボタンを押す。老人のあくびみたいな、緩慢な動作でドアが開く。三人も入ればどう並んでも腕をぶつけるくらいの狭いエレベーターは、蛍光灯が切れかかっているのかやはり暗い。灰色がかった壁には黄土色の大きな染みがついている。

　僕たちはエレベーターに乗り込む。ドアがゆっくりと閉じ、低く重たいモーターの音を響かせてから、ようやく動き出す。途中、なにかにこすれたような、濁点混じりの音が聞こえた。階段を使った方がよかったかもしれない。

　真辺はいつも通りの潔癖な瞳でドアをみつめている。よどんだ空気を気にも留めずに、そこが開く瞬間をじっと待っている。やがてドアが開く。

　まず真辺がエレベーターを降りた。僕もその後ろに続いて、言った。

「三〇八号室だよ」

「わかった」

「僕は、ここで待っている。なにかあったら呼んで」

「うん」

　真辺は不安を感じさせない足取りで歩く。彼女の足音が、冷めきった暗い通路に響く。

　僕はその後ろ姿をみつめていた。やがて彼女は、三〇八号室の前で足を止める。白い手がドアを叩き、鋭利な声が何度か大地の名を呼んだ。

そのまま真辺は、ドア越しになにか話をしていた。やがてドアが開き、大地が姿をみせる。彼はきっちりとジャンパーを着こみ、小さな手に懐中電灯を握っている。おそらく部屋には電気が来ていないのだろう。

彼のライトが向きを変えて、濁った闇を瞬くようになでた。ふたりが部屋の中に入るのをみて、僕は息を吐き出した。それから視線をエレベーターに向けて、手袋をした手でほっぺたをこすっていた。この通路はひどく寒い。壁も床もみんな氷でできているように。

エレベーターが再び動きだしたのは、一〇分ほどあとのことだった。僕はアパートの住民に遭遇したときの言い訳を、頭の中で考えた。でもその必要はなかった。エレベーターはこの階で止まり、開いたドアから足を踏み出したのは、安達だった。

「こんばんは。部屋の中で待っていればいいのに」

と安達は言った。

「こんばんは。今、友達が大地と話をしているんだよ」

「真辺さん」

「君はなんでも知ってるね」

「貴方ほどじゃない。メールをもらったときは、びっくりしたよ。本当に。いつ、どこでばれたのか、まだわからない」

「どこでってことはない。予想しただけだよ。悪い予想はたいてい当たるんだ」

彼女の背後で、エレベーターのドアが閉る。洞窟の出口が山崩れで埋まってしまうように。僕たちはこの冷たい通路に閉じ込められているのかもしれない。

「魔女は、呼んでくれた？」

「まだだよ。本当のことを言えば、ここで君を裏切ってしまいたい」

「気持ちはわかるよ、七草くん。裏切るのは私も好き。でもそうできないことが、貴方にもわかっているでしょ？　相原大地も、魔女が現れることを望んでいるんだから」

僕はため息をついた。本心からのものだったけれど、安達にみせつけたいという思いもあった。彼女にしてみれば、このため息も拍手のようなものだろう。

実のところ、僕にとっても、それは拍手と同じ意味だった。僕は最初から最後まで、綺麗に安達に操られていたのだから。そうと知っていても、彼女の思惑から外れる方法をみつけられないでいるのだから。

僕は尋ねる。きっと、定められた手順のひとつとして。

「君は大地に、なにをしたの？」

答えはわかっていた。

「別に」

安達は軽く首を傾げて、言った。

「ちょっと話をしただけだよ。貴方が捨てたもうひとりの貴方は、ある場所で今もまだ元気に暮らしているってね」

もうひとりの大地。島にいる、大地が捨てた大地。可愛そうな少年の、より可哀想なひとつの側面。

僕はまっすぐに、安達を睨む。真辺由宇の視線が欲しかった。

「だから彼は、慌てて家を出たんだね。計画を早めて、今すぐ問題を解決して。以前捨てた自分を、もう一度、取り返そうとしているんだね」

大地はきっと、自分が捨てた自分を、哀れだと思ったのだろう。それはそうだ。当たり前のことだ。いらないと切り捨てた弱い自分が、まだ意思を持って生活しているなんて、悲劇のほかのなにものでもない。僕のように、切り捨てた僕を羨ましいと思う方が、きっと異常なのだろう。

「その通りだよ。で、七草くんはどうするの？」

決まっている。

「大地を、もうひとりの大地に会わせる」

もうここまで来てしまったなら、そうするより他にない。

「あの子は、母親とのことだけで精一杯だよ。それだけで充分に重いんだ。本来なら、小学二年生の少年が抱えるには、重すぎる問題なんだ。そこにもうひとつ載せちゃいけない。自分自身が切り捨てた自分の幸せなんて問題まで、彼に考えさせちゃいけない」

当たり前だろ、そんなの。

悲観的にものをみる癖が染みついてしまった僕だけじゃない。あの真辺由宇からみても、そうだったんだ。だから彼女は唇をかみしめながら停滞していたんだ。捨てられた方の大地を現実に連れ戻すことを目標にしていながら、辛抱強く、彼女にしては本当に辛抱強く、待ち続けていたんだ。決して大地には、そのことを話さなかったんだ。

悲観的に語るなら、少年の心にそれだけの負荷を与えちゃいけない。理想的に語るなら、ひとりの少年にそれだけの負荷を強いる世界であっちゃいけない。

僕は叫ばない。最後に大声で叫んだのがいつだか、もう思い出せない。そういう風に生きてきた。でも叫ぶのと同じ気持ちで、言う。

「嫌なんだ。本当に嫌なんだ。失敗すればどこかに歪《ひず》みが生まれるような方法、僕は選びたくない。もっと言い訳をして上手く生きていきたいんだよ。でも、もう進まないわけにはいかない。ふたりの大地を対面させないわけにはいかない。それで彼が、問題を乗り越えると信じることしかできない」

信じるってなんだよ、と、本心じゃあぼやく。

小学二年生の少年を信じるって、なんだよ。そんなもの。もうほとんど、暴力だ。ただ重たい荷物を押しつけているだけだ。

安達は笑っている。きっと、僕の心情なんか、すべてわかった上で。

「そんなに悲観的になることはないよ。成長すると、つい忘れちゃうけどさ。子供って案外、丈夫なんだ。今日泣いても明日には笑ってる」

「だといいけどね」

「それで？　そろそろ魔女を呼んでくれないかな。今夜は寒いから」

僕はポケットからスマートフォンを取り出し、魔女の番号にコールした。呼び出し音を聞きながら、尋ねる。

「ひとつ、疑問があるんだけど」

「なに？」

「君は魔女の、なにを知ってるの？」

「なにって？」

「だって、おかしいだろ。君の目的は、魔女に会うことだ。でもね、これまで魔女は、電話でしか連絡をしてこなかった」

「うん。だから私は、携帯電話を持っていない大地くんに協力してもらうことにしたんだよ」

「それはわかる。協力って言い方は、適切ではない気がするけどね。きっと大地がいる部屋には電話なんてないんだろう。魔女が彼と話をしようとすれば、直接姿を現すしかない状況を、君は作った」

　安達は初めから、大地を使って魔女に会おうとしていたのだろう。そもそも大地は、安達から引き算の魔女の噂を聞いたのだ。この場所を彼に紹介したのも、きっと安達だ。そうでなければ都合が良すぎる。あるいは、彼が家を出ようと考えたことさえ、安達が操作したのかもしれない。

「でも、だとすればこの状況は、矛盾している。だって大地のすぐ近くに、電話があるんだから」

　コールを繰り返していたスマートフォンは、ため息をつくようにその音を止めた。ひと呼吸後にアナウンスが聞こえてくる。――おかけになった電話をお呼びしましたが、お繋ぎできませんでした。

　僕はスマートフォンのホームボタンを押して、ポケットに落とし込み、言った。

「魔女は僕に、電話をかけ直してもいい。大地に代われと言われれば、もちろんそうする。あるいは真辺に電話をかけてもいい。彼女は今、大地のすぐ隣にいる。これまでの魔女の行動を考えれば、そうした方が自然なんだ」

　実のところ、僕も大地を使えば、魔女を呼び出せるのではないかと考えていた。でもそのときは、スマートフォンの電源を切っておくつもりだった。今、そこまで安達に協力する理由はない。

彼女は、気軽な調子で頷く。

「私の予定だと、貴方も真辺さんもここにいるはずじゃなかったからね。これでも色々と苦労してるんだよ。なにをしても貴方に気づかれるんじゃないかって気がしてた」

「でも、君は計画を実行した。魔女が直接、ここにくる確信があるんだ」

「まあね。もちろん、確実とはいえないよ。きっと来てくれると思ってるけどね」

「それは秋山さんに頼んでいた伝言が理由かな」

貴女のやり方では、相原大地は幸せにならない。会いに来てくれれば、理由を教えてあげるよ。——あの伝言は、今日のための布石だったのではないか。

「今日、魔法では幸せになれなかったことを、大地が証明したのかもしれない。その結果、魔女は君に会いにくるのかもしれない。これが僕の予想だ」

「当たってるよ。すごいね、貴方は本当に、なんでも知ってるみたい」

「そんなことはない。わからないから教えて欲しいんだ。ねぇ、こんな方法、あまりにあやふやすぎると思わないか？」

魔女は安達からの伝言を、簡単に無視することができるはずなのだ。むしろほんの短い、具体性もない伝言につられて、ひょこひょこと姿を現す方が意外だ。魔女のイメージに反している。

「最初の質問に戻るよ、安達。君は魔女の、なにを知っているの？　たったあれだけの伝言で魔女が姿をみせると、君が信じられた理由はなんなの？」

安達はしばらく、口を開かなかった。じっとなにかを考え込んでいるようだった。僕は三〇八号室の様子が気になっていた。ドアは冷たく沈黙している。その中で真辺と大地は、どんな会話を交わしているのだろう。

「ところで」

と、安達は言った。

「魔女は電話に出なかったみたいだけど、大丈夫？」

顔をしかめて、僕は答える。

「どうかな。たぶん、大丈夫だと思うけど」

「折り返し電話があるの？」

「ないんじゃないかな。簡単なサインみたいなものなんだ。次に僕が電話をかけるときは、大地の問題に関係しているって伝えている。少なくとも魔女は、大地のことを気にしてくれるはずだ」

「ほら、やっぱり貴方もわかってるじゃない」

安達は笑う。

「同じことでしょ。私も貴方も、魔女が大地くんの幸せのために行動すると信じている。

彼女のルールの一部を読み解いている」

いや。僕はなにもわかっていない。

ただ悲しい方が正しい気がしているだけだ。魔女は善良で、純粋で、優しくて。本当に大地のことを考えて、彼の一部を引き抜いた。けれど結果的には、魔女の魔法で、大地は苦しんでいる。そう考えると、とても悲しい。

「魔女には、ルールがあるの？」

「あるみたいだよ。きっとね」

「教えてよ。どんなルールなの？」

「貴方が知っても、仕方がない」

安達は楽しげに目を細める。

「でも、ま、無理に隠すことでもないか。魔女っていうのは悪者なんだよ。誰よりも我儘に、自分の幸せばかりを追求しないといけないんだよ」

その説明を聞くのは、初めてではない。魔女本人も言っていた。

安達は軽く眼鏡の位置を直して、笑う。

「でもね、彼女は悪者であることが、嫌だったんだよ。わかる？　七草くん。自分の幸せを追求する魔女が、悪者であることを拒絶したなら、もう進む道はひとつしかない。善い魔女でいることが自分自身の幸せだって、心の底から信じるしかない。だから引き算の魔女は善良であることを辞められないんだよ」

わからない。彼女の話には、あまりに現実味がないから。当然のことではあった。魔女なんてものを、現実的に語れるはずがないのだ。

「君は、どうしてそんなことを知っているの？」

魔女に関しては、僕もそれなりに真面目に調べたのだ。でもそんなこと、どこにも書かれていなかった。どれだけ調べてもみつからなかった。

「ねぇ、安達。君はなんのために、魔女を追っているの？」

この少女は、いったい何者なんだろう？

魔女について語りながら平然と笑っている安達は、まるで。

「私は、魔女だよ」

そう告げた彼女の言葉は、まるで、嘘には聞こえなかった。

「ずっと嘘をついていてごめんね、七草くん。私も、魔女だよ。でも魔法は使えないんだ。いろんな事情があってね。みんな説明してあげてもいいんだけど、そろそろ時間みたい」

安達は首を振り、右手に視線を向ける。そちらには階段があった。階段からは足音が聞こえる。魔女が来た？　少し早すぎやしないか。彼女の番号にコールしてから、まだ一〇分ほどしか経っていない。

階段の方をみつめたまま、安達は言った。

「このアパート、もうぼろぼろだし、汚いし、日によっては外よりも寒かったりするんだけどさ。名前だけは、けっこう気に入ってるよ。古森コーポ。ほら、まるで物語みたいでしょ」

足音が近づく。

安達は楽しげに笑っている。

「そして古い森で、ふたりの魔女は出会ったのです。悪くないよね」

階段から姿を現したのは、深いグレーのチェスターコートを着た、背の高い少女だった。淡いピンク色のマフラーを巻き、それで口元を隠していた。細い目はこちらを睨みつけているようにみえる。左目の下に、小さな泣きぼくろがある。

その少女に会うのは、初めてではない。あの階段でも、一度、話をしたことがある。それ以前にも。僕はどこかで、この少女に会っているような気がする。

「ずいぶん逃げ回ってくれたね。会えて嬉しいよ」

と、安達が言った。

少女は安達を一瞥し、それから僕をみて、また安達に視線を戻した。少女はマフラーの内側で、小さなため息をついたようだった。それからマフラーをずらして、言った。

「貴女に、会いに来ました」

小さな声だ。低くて、ざらついている。ずいぶん遠くから聞こえる波の音みたいな声だ。でも僕はその声が、やはり素敵だと思う。

「私の魔法の使い方は、どこが間違っているんですか？」

ああ、この子は、本当に。大地を魔法で幸せにするために、ここに姿を現したのだろう。

首を傾げて、安達は答える。

「魔法の使い方とか、そんな話じゃない。貴女はそもそも、目標を間違えているもの。不特定多数のだれもかれもを幸せにするようなことは、できないんだよ。魔法を使えようが使えまいが、無理なものは無理だよ。本当は貴女だってわかっているんでしょ？」

魔女と安達は、しばらくのあいだ、じっと目を合わせていた。友好的な雰囲気ではない。でもにらみ合っているというよりは、互いを観察している様子だった。

やがて魔女が、ふっとうつむく。そのまま、なにも言わずに歩き始める。彼女の腕を、安達がつかんだ。

「つれなくしないでよ。私にも、魔法をかけてくれないかな」

魔女は足を止めた。なんだか切実な表情で、また安達に視線を向ける。

ほんの小さな声で、ゆっくりと、彼女は言った。

「貴女が捨てたいものは、なんですか？」

安達は少女の瞳を覗き込む。

「私が捨てたいのは、魔女だよ」

ずっと、安達の目的がわからないでいた。彼女の答えを聞いても、まだわからない。でも可能性として思いついたのは、ふたつだ。

安達は魔女であることが嫌なのか。それとも、魔女としての自分を、あの階段に送り込みたがっているのか。そのどちらかしか、想像できない。

いかにも嬉しげな、挑発的な笑みを浮かべて、安達は告げる。

「ねぇ、貴女の幸せは、あらゆる我儘を捨てることでしょう？　真辺さんまで、向こうに連れて行ったんだ。もちろん私の願いも叶えてくれるよね？」

魔女はじっと安達をみつめていた。やがて、小さなため息をこぼして、言った。

「眠ってください。気が向けば、貴女に魔法をかけます」

「信じていいんだね？」

「気分次第です。魔女は、気まぐれなものです」

ん、と短く呟いて、安達はエレベーターのスイッチを叩く。それから首を捻って、もう一度魔女をみた。

「信用してるよ。貴女が、自分の不幸を証明するようなことはしないって」

魔女はなにも答えなかった。口をまたマフラーの向こうに閉じ込めて、通路を歩いていく。安達はエレベーターに乗り込んで、僕に向かって、「じゃあね、おやすみ」と手を振った。

僕は魔女のあとを追う。

三〇八号室は冷え切っていた。雪山の奥の小さな山小屋のようだった。

部屋の中に家具はない。明かりもついていない。ただ白い壁に、額に入った絵が飾られている。窓から射し込む月明かりが、その絵を暗く浮かび上がらせている。夜の海と島の絵だ。山を上る長い階段と、ふたつの街と、その街をつなぐS字の道路。それから海辺にある灯台。僕はこの島に行ったことがあるのだ、と思った。夢の中で何度か訪れている、あの階段がある島だ。

真辺由宇は部屋の真ん中に座り込んでいた。その膝の上で、大地は眠っていた。かけられた真辺のコートを、小さな手ですがるように強く握りしめている。少なくも彼の表情は、安らかにみえる。

僕が魔女と共に現れても、真辺に驚いた様子はなかった。今の彼女には、大地の他は目に入っていないのだろう。

「ずいぶん泣いたんだよ。それで疲れて、眠っちゃったみたい」

そう、と僕は応えた。それから魔女の様子をみた。

魔女は大地に歩み寄り、膝を突く。真剣な表情で、彼女は呟いた。

「ごめんなさい」

それは小さな声だった。粉雪のような、すぐにでも溶けてしまいそうな声だった。でもその声は確かに僕の耳まで届いた。硬く小さな石のように、ささやかな重みを持ったまま、しばらく胸の辺りに転がっていた。

魔女は大地の額に、そっと手を当てる。大地の様子に変化はない。呼吸の音さえ聞こえなかった。彼女はそのままの姿でしばらく、じっと大地の顔を覗き込んでいた。おそらく二〇秒ほどのことだろうが、そのあいだ、僕は時間の流れを忘れていた。少女はやがて大地の額から手を離し、立ち上がった。

僕は尋ねる。

「大地を、あの階段に連れていったの？」

魔女は頷く。けれど、口は開かなかった。

続けて尋ねる。

「大地は捨てた自分を拾うのかな？」

魔女はやはり答えない。

長い時間をかけて、ゆっくりと首を傾げただけだった。

――本当に、この子が魔女なのだろうか？

僕はこれまで、電話で三度、魔女と話をしている。声質は確かに、電話で聞いた魔女のものによく似ている。でもなんだか印象が違う。電話越しの彼女はもっと多弁だったし、こんな風に、なにかに怯えている様子もなかった。目の前の魔女は弱々しくみえた。疲れ果てて、声を出さずに泣いているようだった。

やっぱり僕は、この少女に会ったことがある。

ずっと昔だ。ずっと、ずっと。もうほとんど記憶に残っていない、幼いころのことだ。今の彼女と同じ顔を、確かにみたことがあった。あのときもこの子は、泣いてはいなかった。でも今にも泣きだしそうな顔でうつむいていた。

思い出したのは彼女の表情だけだ。前後の繫がりはない、ほんのささやかな一枚の写真のような記憶だった。でも、そうだ。この子に会ったのは、小学校の校庭だった。

僕は尋ねる。

「逆上がりは、できるようになった？」

魔女が息を吞んだのがわかった。彼女は先ほどまでよりも強い視線で僕をみていた。でも僕の質問に、答えはしなかった。

か細い声で、彼女は言う。

「相原大地は、もうすぐ目を覚ますと思います。彼がどう変化していても、いなくても、彼次第です」

魔女は僕に小さな会釈をして、歩き出す。そのまま、この小さな部屋を出ていってしまう。僕はその背中を眺めていた。なにか声をかけた方がよかったのかもしれない。でも、どんな言葉もそぐわないような気がして、口を開けなかった。

「あの子は？」

と、ようやく真辺が言った。

「魔女だよ」

と、僕は答えた。

真辺に視線を戻す。彼女に驚いた様子はなかった。軽く首を傾げて、「思ったより若いな」とつぶやいただけだった。

4

どうしようもなくて、僕は真辺の隣に座っていた。コートを真辺に貸そうと思ったけれど、彼女は大丈夫だよと答えた。そのコートは今は大地の身体にかかっている。

僕と真辺は肩を寄せ合い、大地の顔を眺めていた。彼の眉がわずかに動くたびに、僕は不安な気持ちになった。あの階段で、小学二年生にしては重すぎる選択を迫られてやしないかと、悲しい想像ばかりしていた。

雲が出てきたのだろうか、窓から射し込む月明かりも陰りがちだった。床には大地が用意した懐中電灯が置かれていたけれど、僕も真辺も、それを手に取ろうとはしなかった。

「七草」

と小さな声で、真辺が僕の名前を呼んだ。

僕は顔を上げる。そして、ひどく驚く。混乱する。

真辺由宇が涙を流していた。

まっ白になった僕の頭の中に、最初に浮かんできた疑問は、馬鹿げたものだった。

――彼女は、泣いているのだろうか？　もちろん、泣いている。弱々しい月明かりが彼女の両目から流れる涙を輝かせている。でも僕にはその表情が、泣き顔にはみえなかった。彼女が泣く場面なら、何度もみたことがある。もちろん二年前までは、ということだけど。彼女は野生動物の悲鳴みたいに、感情的に、大声をあげて泣く。でも、今はまったく違っていた。彼女の泣き顔はあまりに静かだった。普段通りの強いまなざしを僕に向けたまま、表情もなく泣いていた。彼女自身さえも泣いていることに気がついていないようだった。もしこれが一枚の絵画なら、誰からも評価されないだろう。あまりに感情が描けていない。涙に説得力がない。けれど一方で、青みがかった月明かりの中で泣く彼女の白い顔は、震えるくらいに美しくもあった。

僕は長いあいだ、なにも言えないでいた。

彼女は静かな声で、ゆっくりと話し始めた。

「もしも迷惑でなければ、私が捨てたもののことを、聞いて欲しい」

「それは、君の秘密の悩みについて？」

「うん。七草にだけは相談できないと言ったことについて」

それは僕が、なんとしてでも自力で読み解きたかったことだった。これだけは他人に答えを教えてもらうわけにはいかない問題だった。ずっと悩んでいたのだ。でも、とっかかりもみつけられないでいた。

時が来たのだ。僕にしてみれば、唐突に。でもおそらく、真辺の中ではそれを自然に話せるだけの時間を経て。

「教えて。とても聞きたい」

そう答えて、僕は息をひそめる。彼女の言葉を聞き逃さないように。でも本当は、そんな必要なんてないのだ。真辺の声は、小さくてもよく通る。

頷いて、彼女は言った。

「私が捨てたのは、七草。きみだよ」

彼女は刺すように僕をみつめている。その瞳にさらされるだけで、胸が苦しくなる。深い水の底に潜っているような気持ちになる。

「中学二年生の夏まで、私はほとんどなにも思考していなかったのだと思う。もちろん私自身は、多少はものを考えているつもりだった。でも、答えに迷うことなんてなかった。世の中の善悪はとてもシンプルなことの積み重ねにみえていた。きっと、七草の考え方とは違うのだと思うけど」

「そうだね。僕は善と悪の区別が、わかりやすいと思ったことなんてないよ」

「私は地図を持っていたのだと思う。行き先をはっきりと指し示してくれる詳細な地図を。そこに書かれている文字を疑ったことなんてなかった。だから、進む方向に迷わなかった。でもあるときから、ふとその地図がみえなくなることがあった。これは私の感覚の話なんだけど、わかる?」

「わかると思う。きっと、とてもよく」

　この世界にシンプルな会話と、複雑な会話があるとすれば、これは複雑な会話だろう。真辺が語ることは、表面的には単純だ。幼いころ強固だった自分の価値観が崩れつつあるというだけの、よくある話だとまとめてしまうこともできる。

　一方でこれは真辺由宇のオリジナルの話だ。忘れてはいけない。彼女が語る地図の意味を、僕は完全には汲み取れないのだ。安易に型にはめて類型的なエピソードとして扱ってはいけない。わからないことを知ったまま、頷かなくてはならない。

「私は地図を握り続けていた。地図はいつも読めないわけではなかった。どちらかといえば、たまに読めなくなる程度だった。でも、そのたまに訪れる暗闇の中で、この地図は本当に正しいのだろうか、ということを、私は考えるようになった」

じっと彼女の言葉を聞いていればよかった。そのことはわかっていた。

でも息苦しくて、僕はつい尋ねる。

「地図を信じられなくなったことが、君の悩みなの？」

真辺は首を振る。

「そうじゃない。それも問題ではあるけれど、でも本当に重要なのはそこじゃない。地図を信じられないのなら、疑ったまま進めばいいんだと思う。どうしても怖ければ足を止めて考え込めばいい。善悪の区別が複雑なら悩めばいい。本当に問題なのは、私が頭からその地図を信じ切っていたことだよ。振り返ってみれば、それを信じる理由なんてひとつもなかった」

わかる？　と真辺は、また尋ねた。

僕は頷く。あくまで僕に理解できる範囲では、ということだけど、彼女の考え方には心から納得できる。道具に問題があるのなんか、どうにでもなるんだ。傷のついたトランプ、粗悪な銃、誤った地図。どれも欠点を理解していれば、たいした問題じゃない。重要なのは、それを使う人間の意識だ。道具の問題に気づけないことこそが、本当の問題だ。

「二年間、私には考える時間があった」

「あの夏からの二年間」

「うん。それで、これしかないという答えに思い当たった。本当は地図を信じていたんじゃないんだよ。それを疑う必要もなかった。だって私はずっと、間違えてもいいと思っていたんだから」

それは、真辺由宇の言葉とは思えなかった。

僕の目からみて、真辺由宇はいつだって完全な正解を探していた。間違いなんてひとつも許容しないのだと思っていた。そうでなければ、ならなかった。

「七草。きみがいたからだよ。きみはいつも私の先回りをして、間違えていたならそれを正してくれた。だから私は間違いを怖れる必要がなかった。ただ走れば、いつかきみの背中がみえるんだって信じていた。知っているよね、七草。私はいつも、きみに置いていかれないように必死で、そうしているあいだは迷う必要なんてなかった」

知らない。そんなこと。知っているわけがない。

背中を追いかけていたのは、いつだって僕の方だ。真辺はすぐに走り出すから。僕は必死に、彼女に追いすがっていた。

胸につっかえる、重たい空気を吐き出す。なんとか意識を前に進める。

「でも、今は違うんだよね？」

真辺は首を傾げる。

「どうだろう。わからない」

彼女はもう、泣いてはいないようだった。でもぬぐいもしないから、涙の跡がつるりとした白い頬に残っていた。その涙の理由も、僕にはわからない。

「ここからが、本題なんだけど。私がこういう、ややこしいことを考え始めたのには、はっきりとしたきっかけがある。これは前に話したと思うけど」

「君が引っ越すと言ったとき、僕が笑ったから？」

「うん。あのとき初めて私は、それまで当然だと思い込んでいたことを疑った。私はほとんど意識もせずに、きみを頼っていた。だから、ありがとうと言った回数が、まったく足りていなかった。本当に反省しているんだけど――」

そのことは、前にも聞いた。

「君の感謝は充分に伝わったから、話を先に進めよう」

「つまり私の一方的な信頼が、七草の迷惑になっていたんじゃないかって、あのときに初めて疑った。そんなこと、考えもしなかったから」

僕はつい、顔をしかめる。

「考えもしなかった？」

もちろん、真辺はそれでいいんだけど。そうであって欲しいと思っているけれど、彼女のために背負い込んだ苦労は数えきれない。

　でも真辺はあっけなく頷く。

「だって、七草はいつも楽しそうだったから」

「僕が？」

「私が困っているときほど、楽しそうに手を貸してくれた」

　僕は息を吐き出す。ため息ではない。感嘆と呼べるかもしれない。

　自覚もなかったけれど、確かに、その通りだ。僕は困っている真辺をすぐ隣で眺めるのが好きだった。必死になっているときほど、彼女が綺麗にみえたから。困難がひとつずつ、彼女の美しさを証明してくれたから。

「ま、そうだね。たしかに、楽しかった」

「本当に？」

「本当に。とても楽しかった」

「そっか。じゃあ、よかったよ」

　真辺は微笑む。その頬に涙の跡がなければ、僕もつられて笑っていたかもしれない。ハンカチを持っていないことを、こんなにも悔やんだ夜は初めてだった。

「なんにせよ私は、あれで、私の前提のようなものを疑うことになった」

「杞憂だったわけだけどね。あのときなぜ笑ったのか、僕はまだ思い出せない。でも君がみつけてくる厄介事に巻き込まれているのは、嫌じゃなかった」

「それはとても嬉しいけど。でも、本当の問題は、やっぱり解決していないんだよ。考えるべきことを私が放棄してきたっていうのは、やっぱり問題としてあり続ける。たまたま、偶然、七草が良い人だったからよかったけれど、だからこれからも今まで通りでいいっていうわけにはいかない」

「ま、そうかもね」

「私は意識せずに、人に頼る傾向があるんだと思う。大部分は七草に頼っていたけれど、それだけではなくて。私はどんな問題でも、世界中の人がそれを問題だと知っていれば、必ず解決できると信じている」

「今も？」

「今も。世界中の人が協力すれば、戦争だってなくなるよ」

「その通りだし、まったく違う。たしかに世界中の人が協力すれば、戦争はなくなる。でも協力できない人たちがいるから、戦争が起こる」

「つまりポイントは、問題を共有するっていうことだよね？　戦争の話では、それがとても難しいとしても」

「うん。それで？」

「たいていの問題は、どこか奥深くに潜り込んでいるからいけないんだ、と私は思っている。だから問題をみつけたら、それが問題だって叫んでいた。私に解決できればそれでいいし、できなければ誰かが、たとえば七草がみつけて解決してくれる。問題だと思っていたことが本質ではなくて、たまにその隣が本物の問題だったりするけれど、そういうのもやっぱり、みんなで話し合えばわかる」

「そうするのが正しいルートだと、君の地図には書かれていた」

真辺は頷く。

「でもその叫び声が、だれかの迷惑になることもあるんだって、ようやく気づいた」

僕は笑う。本当に、ようやくだ。

型にはめて語るなら、真辺由宇は善良過ぎる。助けを呼ぶ声を、問題を指摘する叫びを、迷惑に感じる人がいるなんて僕にしてみれば当然のことも、相当頭を捻らなければ思い至れないのだから。彼女の感情からは、あまりにかけ離れた価値観なのだろう。

「私は、自分の考え方を大きく見直さないといけないんだと思った。修正案も、ひと通り考えていた。そしてあの公園を、ひとつの区切りにしようと思った」

「公園」

「そう。あそこできみに会って、笑った理由をきいて。その答えがなんであれ、新しい考え方で生きていこうと思っていた」

「わからないな」

僕は首を捻る。

「修正すべきだと思ったら、すぐにそうすればいい。きっかけなんていらない」

真辺由宇であれば、そう考えるはずだ。

彼女は頷く。

「それは、まだ迷いがあったから。修正案に、満足がいっていなかった」

「なにを選んでも、後悔する問題」

「うん。目にみえているなにを選んでも。だからみえないなにかを探すしかない。でもとりあえずは、目の前にあるどちらかを選ばなければいけない。そこで私はコイントスみたいに、あの公園できみに会えるのかに賭けてみた。そうするのが自然なような気がした」

彼女はわずかに視線を落とした。それから、僕が見たことのない種類の笑みを浮かべた。なにか恥ずかしがっているように、僕にはみえた。

「今思えば、私の時間は、二年前の夏に止まって、またそれを動かすには、あの公園できみに会うしかなかったっていうことなのかもしれない」

その言葉は、真辺由宇にしては詩的で、感傷的で。でも言葉そのものよりも、彼女が浮かべた表情の方が、僕には意外だった。

「そして見事に、僕は公園に現れて、君は修正案を採用することにしたわけだ」

「うん」

「どんな修正案なの？」

「細かな取り決めがいくつかあるんだけど。大ざっぱに言うと、問題は自分の力で解決できるようにしよう、ということだよ。失敗したときに誰かが助けてくれることを期待せずに、私ひとりの手に負える方法を探そうと決めた」

「とても理性的だね。そして、確かに満点の答えではない」

　彼女は頷く。

「うん。私の手に負えないことは、どうすればいいんだろう？　そこの答えが出ないままなんだよ。まだわからない」

「そして君はすぐに、大きな問題に遭遇することになる」

真辺は大地の寝顔に視線を落とし、柔らかく、繊細に、彼の額にてのひらで触れた。

「大地のことを、問題と呼びたくはないよ。でも、ともかく大地に会って、私が考えるべきことは具体的になった」

「君は自分ひとりの手に負える方法として、彼の友達になることを選んだんだね？」

「それしか思いつかなかったんだよ。私は誰にも相談しなかった。もちろん、秘密にするって約束したのもある。でも以前の私であれば、そもそもそんな約束、していなかった」

確かに、問題は共有すれば解決すると語った真辺の思想とは、正反対の方法だ。真辺が秘密という言葉を使ったのは、僕が知る限り、この件がはじめてだった。

「何度も、きみに連絡したいと思ったよ。きみが事情を知れば、まるで魔法みたいに、すぐにでも適切な解決方法をみつけ出すような気がしてた。でも一方で、そうすることできみに迷惑がかかるかもしれないし、大地を裏切ることにもなる。それに、私はただ悩んでいるだけだったけれど、大地はそうではなかった。ちゃんと解決方法を考えているみたいだった。だから私は結局、ひたすら大地の友達になることに努めた」

「ハンバーグを食べて、バドミントンをして」

「サッカーも、フリスビーもしたよ。図書館にも行った。とにかく一緒にいるあいだ、大地に笑っていて欲しかった。一方で、目にみえない、素晴らしい答えを探していた。でもそれは、まだみつかってない」

「一般的に考えて、君は充分に正しいことをしたよ」

「でも、理想ではないよね」

「理想は現実の対義語だ」

「だとしても、七草なら理想的な答えをみつけられたんじゃないかな。時間が経つと、どんどんきみに頼りたくなったよ。大地をみていると、やっぱり苦しそうで、今にもきみに電話をかけてしまいそうだった。感情をあんなにも抑えつけたのは、間違いなく初めてだった。そんなとき、魔女から電話がかかってきた」

僕は笑う。

長い話だった。ようやく、繋がった。

「そして私は、七草を捨てた。きみに甘える感情を、一度は綺麗に捨ててしまった」

本当は、そんなもの捨てる必要はなかったんだ。だって僕は、ずっと真辺からの連絡を待っていた。どれだけ力になれたのかはわからない。真辺が言うように、理想的な答えをみつけだせたわけもない。それでも。

彼女は助けを求める必要もなかったんだ。悲しんでいる少年がいる。私は彼を助けたい。それだけ言ってくれればよかった。僕は喜んで、彼女の元に駆け出していた。

「君が望んだものを、魔女は上手く引き抜いてくれたのかな?」

「そうだと思ってたよ。でも、違ったのかもしれない」

大地がわずかに、身をよじる。それで僕たちは息をひそめる。でも彼はまだ眠っている。真辺は、少しずれたコートの位置を直して、続ける。

「大地がいなくなったって知ったとき、気がついたら、きみに電話をかけてたよ。自然とそうしていたし、あとから考えても、ほかにはどうしようもなかった。私はただ、その電話をかけるまで、ずいぶん遠回りしていただけだった」

彼女は大地に落としていた視線を、こちらに向けた。

「この寒い部屋で、大地は泣いたんだよ。捨ててしまった自分のことを考えると、悲しくて仕方がないんだって泣いていた。私は間違えたんだ。もっと早く、大地に出会ったすぐあとに、きみに電話をかけるべきだった。ねぇ、七草。私は」

真辺は首を振る。ひどく動揺しているように。それでも大地の額を、優しく手のひらで触れたままで。

噛み殺した声で、彼女は言う。

「私は、叫びたい。たぶん自分に向かって。それから大地を助けられる誰かに向かって。でもまだ、本当にそうするのが正しいのかもわからない。きみの他に電話をかける相手も思い浮かばないし、きみにすべての問題を押しつけるのが正解だとも思えない。ずっと考えているけれど、まだ答えがみつからない」

誰だってそうなんだよ、と僕は思う。

そりゃ、真辺由宇のように、偶然出会った少年に心底肩入れするのは少数だろうけれど。他者が抱えた問題に対して正解を選べなかった自分を、本心から悔いられるほどは純情じゃないだろうけれど。

大なり小なり、似た種類の問題を抱えているはずだ。まったく同じではないにせよ、個人の力の限界と、どこまで他者に寄りかかるべきなのかという線引きに悩みは持っているはずだ。

嘘でも本当でも、僕は彼女が納得する答えを出したかった。でもそんなもの、思いつけはしなかった。彼女の頬の涙の跡は、もうほとんどみえなくなっている。でもその涙を、はっきりと覚えている。

「一緒に考えよう」

僕は声を絞り出す。

たったひとつの嘘も思いつけないから、つまらない本心を、なんとか声にする。

「どんな答えになるにせよ、ふたりで考えよう。君が相談してくれると、僕は嬉しい」

真辺はうつむいて、いつになく聴き取りづらい声で、ありがとうと言った。

＊

大地が目を覚ましたのは、僕たちが長い会話を終えた、およそ三〇分後のことだった。

彼はしばらく、状況が飲み込めないでいるようだった。寝返りを打って、目をこすって、身体を起こして。それからようやく真辺の膝で眠っていたことに気づいたようだ。

大地は小さな声で、「ごめんなさい」とつぶやいた。

真辺が大地の顔を覗き込む。

「うちにこない？　ここは、とても寒いから」

でも大地は首を振った。

「まだ、帰れる？」

　僕は尋ねる。

「帰るって、君の家に？」

「うん」

「電車はまだあるよ」

　スマートフォンを確認すると、時刻は二三時になろうとしていた。眠そうに目をこすって、大地は言った。

「じゃあ、帰る。迷惑をかけてごめんなさい」

「謝ることはない。でも、どうして？　家出はもうお終いなの？」

　彼は頷いた。ほんのわずかに首を振っただけだったけれど、そこにはなにか、強い意思を感じた。

「僕、僕と話をしたんだ」

「それで？」

「こういうやり方はよくないって、僕は言ってた。たしかにそうかもしれない」

「どうして、そう思ったんだろう？」

　大地は沈黙していた。僕はできるだけ柔らかく笑う。

「話したくなければ、それでいいよ」

彼はまた小さな頭を振る。それから、秘密だよ、と言って、事情を教えてくれる。

「お母さんは、たまに夜、泣いてるんだ。なんだか不安で、目が覚めると、泣いてるんだよ。部屋のドアのところから、じっと僕の方をみて泣いてるんだ」

「それで？　君が慰めてあげるの？」

「ううん。寝たふりをしてるよ。僕が目を覚ましているってわかると怒るから。でも、僕はそこにいないといけない気がする」

「どうして？」

「よくわからないけれど、僕はそこにいた方がいいって、向こうの僕が言ったんだ。なんだかそれは、正しい気がする。お母さんがひとりで泣いているよりは、僕をみながら泣いている方が、まだましな気がする。そういうことを、ちゃんと考えてなかった」

大地の頭の上に、思わず手を置いていた。

なんて難しいことを言う子なんだろう。これはたぶん、優しさの本質みたいな話だ。あんまり優しくて、悲しくなる。どうして小学二年生の少年が、そんな優しさまで知っていなければいけないのだろう。

「君は、一度捨てた自分を拾ったの？」

無条件に母親を愛する感情を。それもまた、あまりに正しい彼の一面を。

だが大地は、僕の手を載せたままの頭を振った。

「ううん。そうじゃないよ」

「もうひとりの君のことは、もういいの？」

「よくはないけど。でも、向こうは楽しいって言ってたよ。だから僕は、ゆっくりでいい。今日とか明日に、元に戻らなくても大丈夫だよ」

その言葉は真実だろうか。

幼い子供が長いあいだ家を離れて、しかもその子は母親を愛し続けていて、それでも大丈夫だなんてことがあるだろうか。もし嘘だったとして、じゃあいったい、どちらの大地の嘘だろうか。

僕にはみわけがつかない。

大地は僕の顔をみあげて、笑ってさえみせた。

「だから、今日は帰る。また作戦を考えるよ」

僕は頷く。

「わかった。きっと君なら、他の誰にも思いつかないような、素晴らしい作戦を用意できる」

それは本心から出た言葉だった。

でも、もちろん理想を語るなら、そんなものに頼ってはいけないのだ。

5

大地とは、彼のマンションの前で別れた。

僕も真辺も、彼を部屋まで送りたいと言った。母親に事情の説明が必要だと思ったのだ。そうした方が、色々なことがまだしもスムーズだったはずだ。

でも大地は、強硬にそれを拒んだ。ひとりで大丈夫だよと繰り返した。それで僕たちが根負けする形になった。

結局のところ、僕たちは大地の問題を解決するだけの力を持ってはいないのだ。独りきりでマンションに入っていく大地の後姿が、それを証明しているようにみえた。

帰り道に、真辺がぽつりと言った。

「これから、どうしようか」

行き先も帰るあてもない旅人のようだ。真辺の言葉が、というよりは、きっと僕たちの感情が。それでも僕たちは、どこかを目指さなければならない。

僕は言ってみる。

「大地を誘拐するっていうのは、どうだろう。一緒に手をひいて、どこか南の、暖かいところに連れ去ってしまうんだ。人の少ない、星空の綺麗な島で、いろんな問題を忘れて楽しく暮らすんだよ」

「でも、そんなにお金はないよ」

「中学を卒業しているんだから、働く資格はある。仕事を選ばなければ、なんとかなる」

「それで、大地は幸せになるのかな?」

「意外と上手くいく気がするな。しばらくは僕たちのことを恨むかもしれない。でも彼は優しいから、やがて許してくれる。問題から遠く離れたところで笑っていたら、いつか問題の方が風化する」

「でも、やっぱり大地は、悲しむんじゃないかな。お母さんや、もうひとりの自分のことを、忘れられない気がする」

「そうかもね。確かに、そんな気がするな」

「じゃあ、だめだね」

「残念だよ。今夜はちょっと寒すぎる。僕は暖かいところに逃げ出したい」

もちろん冗談だ。ただ悲しくなるだけの冗談だ。

僕は尋ねる。

「君は、どうすればいいと思う?」

「わからない」

真辺は首を振る。

「大地はあんなにも優しいんだよ。あんなにも優しい子が泣いているんだよ。だとすれば、あの子のほかの、なにかが間違っているんだよ」

「うん。その通りだね」

「本当は、今すぐにでも、大地のマンションに引き返したい。思い切りドアを叩いて、彼のお母さんを、大声で怒鳴りつけたい」

「君がそうするのなら、僕は後ろをついていくよ。大事になりそうなら、とても上手に謝ってみせる」

「ありがとう」

彼女は、口元でほほ笑んだ。

「でもね、それでも大地は、悲しむんだと思う。私にはなにも解決できないんだと思う。ならあの子との約束を、ただ破ってしまうだけなのかもしれない」

ほほ笑んだまま、彼女は泣いていた。

少しだけうつむいて、静かに涙を流していた。

「良い方法がある」

と僕は言う。

「ふたりで彼を楽しませるんだ。僕たちは仲の良い友達を続けるんだ。もちろんそんなことでは、問題の根本は解決できない。大地はまだ、何度か泣くことになる。でも多少は彼の支えになれるかもしれないし、いずれ成長した彼が、自分で問題を解決するかもしれない。どこかからスーパーヒーローが現れるかもしれない。僕たちは敵を倒せないけれど、それまで彼が自分を守る手助けくらいなら、できるかもしれない」

「そうだね。そうするのが、いちばん良いのかな」

掠れた声で、彼女は頷く。

「でも、もう少し考えてみるよ」

それはやはり、真辺由宇の言葉ではなかった。僕が信仰していた、この世界でいちばん綺麗なものではなかった。

いつだろう、わからないけれど、彼女は大きく傷ついたのだ。あんなにも強くて、反面で今にも壊れてしまいそうだった彼女に、やはり大きな亀裂が入ったのだ。

彼女はもう、僕がもっとも愛した真辺由宇ではない。僕のすべてだった愚かな理想主義者ではない。

今、少女の姿をみると、胸が痛くて泣きたくなる。熱い血が流れ出るようで、手袋をしているのに、指先が凍える。

息を吐き出して、考える。

この痛みは失恋なのだろうか？

僕は長いあいだ、真辺由宇に恋していたのだろうか？

そうかもしれない、という気がした。やはりまったく違うのだという気もした。

赤い太陽を思い出す。僕にとってのいちばん古い記憶を。あの窓からみえた景色が、僕は本当に好きだった。暖かくて、瑞々しい、新品の好きという感情だった。

あの日と同じなのだ。僕にはそれが、夕陽にみえる。初恋の終わりにみえる。でも朝陽なのかもしれない。今、僕の胸に生まれた痛みこそが、本物の初恋なのかもしれない。

なら、もっと痛みが欲しくって、僕は歪にほほ笑んだまま涙を流す少女をみつめる。その弱々しい少女が、今もまだ愛おしいと思う。それは信仰ではない。今はもう、彼女の不変も、完全性も望んではいない。ただ、ポケットにハンカチが入っていないのが恨めしい。どんな形であれ、明日にはこの子が笑っていて欲しい。

古い言葉は、遠いところに伝播している。きっと感情も同じように。今、僕の手元に、幼かったころの純真な好意はもうない。どうにか思い出そうとしたその赤には、彼女の涙が重なって、くすんだ色をしてみえる。それでも。汚れた赤を恋と呼ぶんだ。きっとそうだと信じるんだ。だって、ほら、こんなにも、彼女の涙を拭き取りたい。

僕は少女の手を引いて、それで彼女が足を止める。

だって、ハンカチもないのだから、仕方がないじゃないか。そう言い訳して、彼女の頭を、僕の胸元に押しつける。

少女は声も上げずに、僕の手の中で泣いていた。ずっと、ずっと泣いていた。空にはもちろん太陽なんかない。月さえ雲の向こうに隠れている。それでも通りの向こうのコンビニエンスストアから射す光が、どうにか僕たちまで届いている。

泣き顔を笑顔にできなくても、コートで涙を拭けるなら、それを僕は幸せと呼ぶんだ。

愛する少女が傷ついたなら、臆病に傷痕をなでて、それを僕は恋と呼ぶんだ。

＊＊＊

階段島《かいだんとう》は七平方キロメートル程度の、ちっぽけな島だ。

海辺と山のふもとにひとつずつ街があり、合わせて二〇〇〇人ほどが生活している。山側の街からまっすぐに階段が伸び、島にたったひとつの学校に繋がっている。階段はさらに山頂へと向かって伸び、その上には魔女が住む館があるらしいとの噂だけれど、真実はわからない。

この島の住民には、ひとつの特徴がある。

誰もが現実の自分に捨てられて、ここにやってきたのだ。

もちろん、僕だって。現実の僕に、もういらないやと切り離されて、ぐしゃぐしゃに丸められて、ごみ箱にぽんと投げ込まれるように階段島にやってきたはずだ。

僕だけのことなら、ため息ひとつでやり過ごすこともできるけれど。でもこの島にいる他の人たち——たとえば純粋な彼女や、ほんの幼い少年まで捨てられたのだと思うと、やっぱり胸が痛くなる。

二月一一日の記録的に寒い朝、午前七時になる少し前に、僕はコートを着込んで三月荘のドアを開けた。呼吸するたびに器官が凍りつくようで、なるたけそっと息を吸いながら海辺を目指した。

考え事をしていて上手く眠れなかったから、外を歩いてみることにしたのだけど、やはりベッドで丸まっていた方がよかったかもしれない。幸い今日は祝日だから、朝食のあとでゆっくり眠ればいいやと思ったのが間違いだった。とはいえ歩き始めてしまうと引き返すタイミングもなくて、結局は海辺まで出ていた。

昨夜、友人の魔女に頼まれて、寮を抜け出した。相原大地《あいはらだいち》をエスコートするためだ。階段まで彼を送り届けて、しばらく下で待っている。大地がまた戻ってきたなら寮まで連れて帰り、そうでなければ魔女がもう帰って良いと伝えに来てくれる。そういうことになっていた。

僕に、その話を断れるはずもなかった。

魔女が僕に頼み事をするなんて、滅多にないことだ。彼女はいつだって他人の迷惑になることを怖れて、息を殺して暮らしているようにみえる。空気と同じように、目にみえない、重さも感じない、でも意味のあるなにかになるのが彼女の理想なのかもしれない。あの優しい魔女の頼みであれば、一晩寒い思いをするくらいなんてことはない。

それにもしも魔女があれほど善良ではなかったとしても、僕は昨夜、大地の手を引いて寮を抜け出していただろう。大地が現実に帰ることは、真辺由宇《まなべゆう》の目標のひとつでもある。僕はその考え方に必ずしも賛成ではないけれど、充分に状況が整ったなら、やはり彼はここを出るべきだ。少年は、一日の終わりには、家に帰るのが自然だ。

相原大地はなぜ自分を捨てたのだろう。その理由を調べ、問題を排除して、彼が帰宅できる準備を整えるのは、現実にいる方の僕と真辺の仕事だった。昨夜、大地をあの階段まで送り届けたときには、ようやく現実側の僕たちが目標を達成したのだろうか、と多少は期待をしていた。でも結局、大地はまた、あの階段を下ってきた。

現実側の僕たちは、なにか失敗したのだろう。向こうの大地の問題を、取り除けはしなかったのだろう。ならこちら側の僕も、多少は頭を捻った方が良いのかもしれない。そんなことを考え始めたから、昨夜は上手く眠れなかった。

とはいえ一晩悩んだくらいでは、やはりよい方法は思いつかない。それで気分を変えようと、凍えた空気の中、海辺まで歩いてみた。

僕はじっくりと高度を上げる朝陽に顔を向けて、海壁にぶつかる波の音を聞きながら、五分ほど足踏みをしていた。身体は温まらない。残念ながら眠くもない。こんなことで風邪をひくのも馬鹿馬鹿しくて、そろそろ寮に戻ろうとしたときだった。

「佐藤《さとう》くん」

と、声が聞こえた。

振り返ると、同い年くらいだろうか、少女がひとり立っている。見覚えのない少女だ。赤い縁の眼鏡をかけ、首には青い、ガラス玉のペンダントをぶらさげている。

この島には学校がひとつしかない。中等部も高等部も、校舎は違うけれど同じ学校に入っている。同年代であれば、知人でなくとも顔くらいは知っているものだけど、その少女には思い当たらない。

でも彼女は、じっと僕の方をみている。人の少ないこの島の、漁港でもない海岸に、早朝から立っているのは僕とその少女くらいのものだ。彼女はどうやら、僕を佐藤というだれかと間違えているようだった。

「君は？」

「私は、安達《あだち》だよ」

安達。やはり知らない。

「佐藤というのは、誰のことだろう？」

「もちろん貴方だけど」

「僕は佐藤じゃない」

「そうだっけ。確かにそう聞いたんだけどな。貴方、嘘つき？」

確かに、嘘は嫌いじゃない。「僕は佐藤です」なんて嘘をついた覚えはないけれど、ただ忘れてしまっているだけなのかもしれない。考えてみれば佐藤というのは、いかにも僕が使いそうな偽名ではある。ありふれた苗字だし、なのにたまたま、親しい知人にはひとりもいない。

安達と名乗った少女は、挑発的な笑みを浮かべて、首を傾げる。

「じゃあ、なんて名前なの？」

なんだか嫌な予感がした。あまりこの少女と関わりたくなかった。とはいえ今さら、やっぱり佐藤ですと答えるわけにもいかない。狭い階段島では、僕の名前なんかすぐにわかってしまうだろう。

仕方なく「七草《ななくさ》だよ」と名乗る。

「そう。七草くん」

安達はゆっくりと頷いた。電子顕微鏡をいじる科学者のような様子だった。

「実は私、困ってるんだよ。助けてくれない？」

僕は、自衛本能でほほ笑みながら、内心でため息をつく。

「なにに困ってるの？　僕に手助けできることなら良いけれど」

「この島を案内して欲しいんだよ」

「案内？」

「目が覚めたら、いつの間にかここにいてね。右も左もわからないから」

今朝、階段島に来たばかりなのか。

本当に？　なんだか、奇妙だ。階段島というのは、ごみ箱と同じような場所だ。捨てられる方にしてみれば、唐突に放り込まれるものだ。なのに彼女の瞳には、動揺の欠片もない。自信に満ちているようでさえある。

その疑問を飲み込んで、僕は言った。

「もう一度、名前を教えてくれるかな？」

この島を訪れたばかりの人には、最初に出会った住人が、あるルールを説明するのが決まりだ。ルールの説明には、定められた手順がある。まずは名前を尋ねるところから始めなくてはならない。

彼女は答える。

「安達だよ。気安い友達、の二文字目と五文字目で、安達」

「ありがとう」

頷いて、定められた言葉を、僕は続ける。

「ここは捨てられた人たちの島だよ。この島を出るには、安達が失くしたものをみつけなければならない」

「ああ、違うよ。そうじゃなくて」

安達は呆れた口調で、僕の言葉を遮った。

「私はこの島を出たいわけじゃないんだよ。自分を捨てるためにきたわけでも、拾うためにきたわけでもない」

　やっぱり僕の悪い予感は、良く当たるようだった。

　この少女は明らかに異質だ。階段島に来たばかりでは、知っているはずのないことを知っている。そしてなにより、不自然な言動を隠そうともしないことが、気持ち悪い。

　僕は尋ねる。

「今日が何月何日だか、教えてもらえるかな？」

「どうして？　いつだっていいでしょ」

「ふと気になったんだ。朝はなかなか日づけを思い出せなくて、なんだかもやもやするんだよ」

「そ。二月一一日だよ」

　安達は眼鏡に触れて位置を直し、笑う。

「もやもやは晴れたかな？　七草くん」

　彼女が告げた日づけは、正しい。それも彼女が階段島に来たばかりだとすれば、奇妙なことのひとつだった。本来、ここを訪れる人たちは、みんな記憶を失っている。短い人で数日、長ければ数か月。たとえば僕には、昨年の八月二五日から、二九日までの記憶がない。僕たちはおそらく魔女に出会ってこの島にやってきたはずだけど、そのことを忘れている。なのに安達には、記憶を失くした様子がない。

彼女は笑みを浮かべたまま、こちらの顔を覗き込むように見上げる。

「さて、貴方の質問には答えたんだからさ。こっちのにも答えてくれないかな。島を案内してくれる？」

この例外ばかりの少女は、いったい何者なのだろう？

しばらく落ち着いて考えたかった。

「ごめんね、もうすぐ朝食の時間なんだ。寮暮らしだから、遅れると迷惑がかかる」

「なるほど。そういえば、お腹空いたな。それって、お金を払ったら私も食べられる？」

「うちの寮は無理だよ。男子寮には、女の子は入っちゃいけないことになってる」

「残念」

「モーニングを出すカフェなら知ってるよ。でも、オープンまで少し時間がある」

「案内してくれるの？」

「本当にもうそろそろ、寮に帰らないといけないんだ」

腕時計に視線を向ける。

できるならこの少女に、踏み込みたくはなかった。でも確認しないわけにはいかない疑問があって、僕は文字盤をみつめたまま、結局それを尋ねる。

「捨てるためでも、拾うためでもない。でもこの島から出るつもりもない。じゃあ君は、なんのために階段島にきたんだろう?」

「あくまで今のところは、なんだけど――」

顔を上げると、安達の、大げさな笑みにぶつかる。

「奪い取るため、かな」

攻撃的な言葉だ。攻撃的な言葉は、いつだって嫌いだ。

「わかった。一緒にカフェのモーニングを食べよう」

「いいの? 寮の朝ごはんは?」

「連絡を入れておくよ。余ったら余ったで、誰かが食べる」

この少女とは、話せば話すほど、自由が奪われていくみたいに感じた。言葉のひとつひとつに小さな針が仕込まれていて、僕の肌に食い込むようだった。

「ゆっくり朝食を摂ろう。そのあとでコーヒーを飲もう。ケーキもおすすめだよ。店で作っているんだけど、なかなか美味しい」

これは僕の言葉だ。

僕が頭で考えて、口にした言葉だ。でも。

「だからそのあいだ、君の話を聞かせてくれないか?」

でも、まるで魔法にかかったみたいに、彼女に導かれた言葉でもあった。

本書は新潮文庫のために書き下ろされた。

イラスト　越島はぐ
デザイン　川谷康久（川谷デザイン）

汚《よご》れた赤《あか》を恋《こい》と呼《よ》ぶんだ

新潮文庫　こ－60－3

平成二十八年一月一日発行
平成二十八年一月二十日二刷

著者　河《こう》野《の》裕《ゆたか》
発行者　佐藤隆信
発行所　株式会社新潮社
郵便番号　一六二—八七一一
東京都新宿区矢来町七一
電話　編集部(〇三)三二六六—五四四〇
読者係(〇三)三二六六—五一一一
http://www.shinchosha.co.jp

価格はカバーに表示してあります。
乱丁・落丁本は、ご面倒ですが小社読者係宛ご送付ください。送料小社負担にてお取替えいたします。

印刷・錦明印刷株式会社　製本・錦明印刷株式会社
© Yutaka Kono 2016 Printed in Japan

ISBN978-4-10-180056-1 C0193